KB183485

내일이면 다시 태어나는 거야

문이소
소 향
이도해
하유지
황모과

내일이면 다시 태어나는 거야

|주|자음과모음

차례

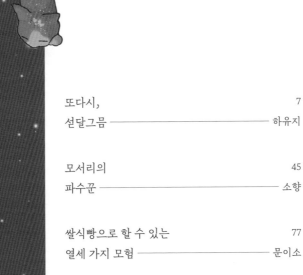

하유지

또다시、

섣달그믐

하 유 지

산과 고양이, 탄수화물과 각종 형태의 이야기를 좋아한다. 지은 책으로 『눈 깜짝할 사이 서른셋』 『독고의 꼬리』 『3모둠의 용의자들』 『너의 우주는 곧 나의 우주』 『우정 시뮬레이션을 시작하시겠습니까?』 『내 이름은 오랑』 등이 있고, 함께 지은 책으로 『새벽의 방문자들』 『나를 초월한 기분』 등이 있다.

1

바로 오늘이다.

은채는 마스카라를 속눈썹 쪽으로 가져가며 확신했다. 오늘, 지섭이 고백할 것이다. 느낌이 그랬다.

손이 파르르 떨리는 바람에 눈 밑에 검은 점을 찍고 말았다. 메이크업 전문가와 화장품 개발 연구원, 메이크업이 취미인 반려동물 관리사와 신상 화장품을 모조리 사들일 만큼 재력이 탄탄한 그냥 회사원 중 과연 무엇이 될지 월요일 마음 다르고 수요일 마음 다르지만, 화장 실력만큼은 뿌리 깊은 나무처럼 굳건한 은채에게는 희귀한 실수였다.

그러나 관록 있는 나무도 사랑스러운 꽃가루를 실은 바람이 산들산들 불어오는 날에는 잔가지에 달라붙은 원숭이를 떨어뜨리는 법. 열아홉 살로 지내는 마지막 날에 번개처럼 날아들어 꽂힌 사랑의 예감은 섬세한 손을 엇나가게 할 자격이 충분했다.

토너를 살짝 묻힌 면봉으로 실수한 부분을 콕 찍어서 지웠다. 심호흡한 다음 정신을 가다듬고 다시 시도한다. 단숨에 선명해지고 풍성해진 속눈썹이 화장대 거울에 비쳤다. 빛의 각도에 따라 검은색으로도 보이고 짙은 보라색으로도 보이는 겨울용 원피스를 입고 코트를 걸치니 외출 준비 끝. 단짝 아영, 썸남 지섭과 함께 샐러드 뷔페에 가기로 했다.

천장에 닿도록 높은 캣 타워는 놔두고 보일러 관이 지나가는 싱크대 밑의 천 매트 위에서 단잠에 빠진 고양이 알록이와 자나 깨나 간절하게 산책과 간식을 바라는 강아지 달록이를 쓰다듬어주고 현관문을 나선다. 엘리베이터를 기다리는 동안 한기가 스며들어 가방에서 목도리를 꺼내 머리와 화장이 망가지지 않게 조심해서 목에 둘렀다.

버스로 십 분쯤 가서 내리자 뷔페가 있는 고층 건물이 나왔다. 목적지는 3층. 그쯤은 걸어서 올라간다.

3층에 도착한 은채의 눈에 복도 반대편에서 머리를 맞대다시피 하고 소곤거리는 지섭과 아영이 보였다. 뭐지, 쟤들?

아영과 지섭은 무려 뜨개질 동아리에서 알게 된 사이다. 하얗고 기다란 손가락으로 서툴게 대바늘과 코바늘을 다루는 지섭은 아무리 봐도 뜨개질에는 재능이 없었기에, 뜨개질 동아리원 중 하나를 좋아해서 가입했을 거라는 설이 가장 유력했다.

그러나 일 년이 지나도록 지섭이 관심을 보인 아이는 없었다. 반대로 웬만한 동아리원들은 지섭에게 주목했는데, 은채는 아영이 그중 한 명이었는지 알 길이 없었다.

중학생 때부터 친했고 같은 고등학교로 진학하면서 절친으로 등극한 아영은 내심을 가늠하기 어려운 데가 있다. 향수를 뿌렸을 때 가장 마지막까지 남아 있는 베이스 노트처럼 은근하면서도 묵직한 성격이고, 제일 밑바닥에 깔려 그 위에 각종 색이 덧입혀지는 메이크업 베이스처럼 속을 잘 드러내지 않았다.

지섭은 2학년이 되자 동아리를 옮겼고, 3학년 때는 은채와 같은 반이 되었다. 두 사람은 2학기에 두 달 동안 짝으로 지내면서 가까워졌다. 수업 시간에 졸기라도 하면 볼펜으로 옆구리를 무자비하게 찔러서 깨워 주고, 공부할 때 듣기 좋은 음악과 학구열을 자극하는 공부 영상을 디엠으로 주고받으며 썸도 오갔다.

고3이라 연애보다 대학이 우선이라는 공감대가 형성되었기에, 지섭과의 관계는 수시와 수능이 끝나면 뭐든 본격적으로 시작해 본다는 무언의 약속이 깔린 관계……라고 은채는 생각해 왔다. 시간이 없어서 지금은 마디 점프로 넘어가지만, 훗날에 남김없이 부를 노래 후렴구처럼 말이다.

"어? 계단으로 올라왔어?"

은채를 발견한 지섭이 묻자, 그와 동시에 아영이 지섭에게서 한 발짝 물러섰다. 두 사람 옆에 엘리베이터가 있었다.

"3층이잖아. 많이 먹을 거니까 미리 운동 좀 했지."

때맞추어 은채 배에서 꼬르륵 소리가 커다랗게 울린 덕분에 모두 웃으면서 뷔페로 들어갔다. 오늘 하루는 미래도 밀쳐 두고 대학도 잊고, 그저 먹고 떠들며 즐길 예정이었다. 일생에 한 번뿐인 열아홉의 마지막 밤이었다.

지섭을 먼저 안 사람은 아영이었고, 지섭과 먼저 친해진 사람은 은채였다. 셋은 서로 친구이면서 친구의 친구이기도 한 셈이다. 그래서 정시 원서도 한 군데쯤은 같은 곳에 내기로 했다. 상향 지원한 탓에 수시는 모두 불합격한 상태였다.

점원이 지정해 준 자리에 가방과 겉옷을 내려놓고 샐러드 바로 향했다. 첫 접시는 채소로 시작해야 산뜻한 법. 은채가 채소를 종류별로 접시에 담아 테이블로 돌아오자, 아영은 초밥과 연어로 채운 접시를 앞에 두고 생각에 빠져 있었다. 고개를 돌려 살펴보니, 지섭은 음식으로 가득한 접시를 들고 단백질과 탄수화물 사이를 탐험하는 중이었고.

"나 오기 전에 너희 둘, 무슨 얘기 하고 있었어?"

은채는 아영에게 물어봤다. 짐작과 상상만으로 친구의 속내를 기웃거리기는 싫었다. 만약 아영이 지섭을 마음에 두고 있다면? 엘리베이터 앞에서 지섭과 이마가 닿을 듯 말 듯했던 아영의 자세, 그 아슬아슬한 각도가 떠올랐다. 은채와 지섭이 이번 학기 내내, 공부하는 틈틈이 썸을 탔다는 사실은 아영도 잘 알고 있었다.

"아까? 별거 아니야."

"왜, 뭔데?"

"그냥, 지섭이가 셋 다 떨어질까 봐 걱정되나 봐."

"대학? 우리 셋?"

"아니, 가나다."

"설마 그러려고."

"그러니까."

그때 지섭이 테이블로 왔고, 대화는 끊겼다.

그게 머리까지 맞대고 할 이야기인가? 다 떨어지면 재수하면 그만이라더니 속으로는 걱정이 되나 보네, 민지섭? 근데 그걸 왜 나한테는 말 안 하고…… 같은 생각으로 머릿속이 와글거리면서도 은채는 세 접시를 더 떠다 먹었다.

제한 시간인 두 시간을 꽉 채워 저녁 식사가 끝이 났다.

"우리 코노 가자. 잔뜩 먹었으니까 배 좀 꺼뜨려야지."

샐러드 뷔페를 나와 건물 출입구 앞에 서서 은채가 말했다.

"난 이제 집 가야 돼. 노래는 둘이 불러야겠네."

그렇게 대답한 아영은 은채와 지섭을 한 번씩 보더니 버스 정류장으로 걸어갔다. 은채가 큰 소리로 불러도 머리 위로 손을 흔들어 보이고는 미련 없이 가 버렸다.

"저렇게 갑자기 퇴장하란 얘기는 아니었는데."

지섭이 오른쪽 발부리로 아스팔트를 가볍게 찧으며 말했다.

"적당한 타이밍에 빠져 주겠다고 했거든, 아영이가."

그제야 은채는 지섭이 무슨 말을 하는 것인지 알아들었다. 겨울 저녁의 가로등 불빛이 스며들던 3층 복도에서 서로를 향해 몸을 기울이고 서 있었을 때, 적당한 시점에 아영이 빠져서 은채와 지섭만 남는 시나리오를 짰다는 얘기였다.

퍼즐이 맞춰지면서 비로소 상황이 이해됐지만, 껄끄러운 느낌이 마스카라 찌꺼기처럼 남았다. 그럼 대학 얘기는 뭐지? 내가 계획을 알면 안 되니까 둘러댄 건가? 그렇게 천연덕스럽게? 버스를 타고 퇴장한 아영이 은채의 마음 어딘가에 남아 거치적거렸다. 신발 안에서 발바닥을 찌르는 고양이용 모래 알갱이처럼.

"달 보러 갈래?"

지섭이 연습한 대사처럼 어색한 말투로 말했다. 코인 노래방은 없던 일이 되어도 상관없었다. 은채는 그러든가, 하고 아무렇지도 않다는 표정을 지었지만 늑골 안쪽에서 보름달처럼 부푼 심장이 두근거렸다. 밤이 깊었으나 예감의 시곗바늘이 가리키는 오늘은 아직 끝나지 않았다.

두 사람은 산비탈에 자리 잡은 공원으로 올라가 공원 구석에 서 있는 전망대로 향했다. 도시의 온갖 불빛 위편으로 하늘은 검고, 구름마저 어슴푸레했다.

"달이 왜 안 보이지?"

당황한 지섭이 고개를 젖히고 하늘을 두리번거리며 중얼거렸다. 그러게, 정말로 달이 없었다. 은채도 열심히 달을 수소문했으나 양말 한 짝이나 머리끈도 아니고, 없는 달이 찾는다고 나타날 리 없었다.

"오늘 합삭이래. 달이 지구와 태양 사이에 있어서 보이지 않는 날이라는데?"

하늘 수색을 포기한 지섭이 검색으로 알아낸 정보였다.

"아, 합삭……."

은채는 생전 처음 듣는 단어를 원래 알았으나 잠시 잊은 말처럼 되뇌었다. 하필이면 오늘, 달이 보이지 않는다는 것이었다.

아영의 귀가 시점까지 조율하고 달이 보이는 전망대를 물색해 둔 지섭의 계획에 차질이 빚어진 듯하여 안타까우면서도 뭐랄까, 좀 귀여웠다. 달이 없는 날에 달을 보러 가자고 한 엉성한 기획력도, 딱 오늘을 골라 감쪽같이 숨어 버린 달도 깜찍했다.

풀 죽은 지섭과 달리 은채는 기분이 한결 나아졌다. 역시 인생이란 좀처럼 마음대로 되지 않는 것, 그 정체는 차차 알아볼 문제였다.

은채가 벤치에 앉자, 지섭도 그 옆에 앉았다. 학교가 아닌 곳에서 단둘이 이처럼 가까이 앉아 보기는 처음이었다. 둘 사이나 근처에는 항상 반 아이들이나 아영이 있었다. 달도 없는 밤에 온달처럼 환해진 심장이 다시금 두근거리기 시작했다.

"줄 게 있는데, 이거."

지섭이 가방에서 꽤 큰 꾸러미를 꺼냈다. 서툰 계획만큼이나 어설픈 포장에 웃음이 나오려 해서 은채는 지섭 몰래 혀를 살짝 깨물었다.

"나 오늘 생일 아닌데?"

"생일 선물 아니고 그냥 선물."

선물에 '그냥'이 어디 있겠어, 하는 생각을 콧노래처럼 흥얼거리며 은채는 종이 포장을 뜯었다. 굵은 연푸른색 털실로 뜬 목도리가 나왔다. 달빛 대신 환한 가로등 불빛에 비추어 보니 코가 성기고 들쭉날쭉했다. 지섭이 손수 짠 목도리가 확실했다.

"뜨개질 동아리에서 짠 거야? 1학년 때?"

"아, 아니야! 그러니까 내 말은, 그때 짠 건 맞는데 네 생각 하면서 짠 건 아니라고. 나중에 좋아하는 사람 생기면 주려고 미리 만들어 둔 거야."

단숨에 말해 놓고 지섭은 얼굴이 새빨개졌다. 마치 밤에 뜬 해 같았다.

은채는 목도리에 코를 대고 냄새를 맡았다. 아까 뿌리고 나온 향수가 털실로 옮겨 가, 달콤하고 그윽한 무화과 향기가 목도리 올올이 스며든 것만 같았다.

좋아하는 사람, 좋아하는…… . 고백이 완성되었다. 사랑의 예감이 이루어졌다. 그렇다. 바로 오늘이었다.

자신이 뜬 목도리를 은채에게 둘러 주려던 지섭은 멈칫했다.

은채가 이미 목도리를 하고 있었기 때문이다. 은채는 제 목도리를 풀어 지섭의 목에 감아 주었다. 목이 드러나는 브이넥이 어울린다고 했더니 멋 부린다고 코트 안에 브이넥 스웨터만 입고 나와서 손끝에 닿는 목덜미가 차가웠다.

지섭이 고맙다고 웅얼거리더니 은채 목에 목도리를 둘렀다. 얼마나 친친, 둘둘 마는지 숨이 막힐 지경이어서 은채는 손을 휘둘러 지섭을 제지해야 했다.

"오늘부터 우리, 1일 맞는 거지?"

"아무래도 그런 듯?"

목도리로 턱과 입을 가려 놓아서 둔탁한 목소리가 나왔다. 은채의 대답에 안심했는지 지섭은 급속도로 안정을 되찾더니 목도리 자락을 휘리릭 당겨서 눈 밑까지 가렸다. 그러고는 은채 쪽으로 얼굴을 내밀었다. 두툼한 목도리가 저희끼리 부딪히면서 입을 맞추었다.

"아, 뭐야!"

은채가 소리치고는 킥 웃었다. 코인 노래방에 가지 않았는데도 사방에서 노랫소리가 들려왔다. 사랑의 신이 동전처럼 둥근 달을 노래방 기계에 넣었는지도 모른다. 새로이 탄생한 어린 연인을 위해 온 세상이 노래했다. 지금 이 순간을, 순간순간에 배어든 향과 소리와 빛깔을 영영 잊지 않겠다고, 은채는 결정했다.

2

은채는 눈을 떴다.

커튼 틈으로 겨울 햇볕이 스며들었다. 전망대 앞 벤치에 지섭과 손을 잡고 앉아 보이지 않는 달을 바라보던 지난밤이 까마득한 옛일처럼 떠올랐다. 설마, 혹시…… 꿈이었나? 이불을 걷어차며 일어나고 나서야 옷장 손잡이에 걸린 연푸른색 목도리가 눈에 들어왔다. 휴, 저절로 안도의 한숨이 나왔다.

1월 1일, 스무 살의 첫 번째 날이자 남자 친구 지섭과는 두 번째 날이다. 휴대폰을 확인하니 늦잠을 자서 오후 한 시. 세 시에 지섭과 만나서 어디든 쏘다니다가 맛있는 걸 먹기로 했다.

문을 열고 나가자 조용한 집 안. 김치찌개 전문점을 운영하는 부모님은 공휴일에 더 바쁘다. 달록이가 달려와 꼬리를 흔든다. 은채는 얼마 전에 털을 짧게 자른 달록이의 등을 쓰다듬어 주었다. 고양이 알록이는 언제나처럼 싱크대 밑 매트에서 단잠을 자고 있다. 꽃무늬 매트가 어느새 물방울무늬로 바뀌었다. 엄마가 바꾸고 나간 모양이다.

머리를 감고 드라이기로 말리는데 기분 탓인지, 머리카락이 어제보다 길어진 듯했다. 아주 약간, 새끼손톱만큼? 미용실 갈 때가 되면 머리카락이 덥수룩해 보이게 마련이다. 은채는 달록이 미용만 신경 쓸 게 아니라 내 미용실도 예약해야지, 생각하고는 방으로 가서 화장대 앞에 앉았다. 레몬색과 오렌지색 아이섀도를 발라 본다. 좀 튀는 조합이지만 새로운 해가 떠오른 첫날이니까.

어떤 옷을 입을지 고르다가 두 시 사십 분이 됐다. 코트를 입고 선물받은 목도리를 두른 다음 가방은 손에 잡히는 대로 메고 집을 나섰다.

약속 장소인 카페는 문을 닫은 데다가 유리창에 '임대 문의'라고 쓴 종이까지 붙여 놨다. 며칠 사이에 폐업이라니. 하는 수 없이 카페 앞에서 기다리기로 한다.

그러나 오 분, 십 분이 지나도 지섭은 오지 않았다. 메시지도, 전화도 없다. 시작부터 얘가 왜 이래. 은채는 투덜대면서도 지섭에게 무슨 일이 있나 걱정이 되었다. 메시지를 보내려니 곱은 손가락 때문에 오타가 속출해서, 전화를 걸었다. 만에 하나 늦잠이나 낮잠이라도 자고 있으면 깨우기도 할 겸.

"여보세요……?"

늦잠이든 낮잠이든 잠은 아니었는지, 신호 몇 번 만에 지섭이 전화를 받았다.

"어디야? 왜 안 와?"

"서은채……?"

"그래, 나야. 어디냐니까?"

"집이지, 난."

"세 시에 만나기로 했는데 아직도 집이라고?"

"무슨 소리야, 오늘 약속은 여섯 신데."

지섭의 말에 발밑이 빙그르르 돌더니 현기증이 들이닥쳐서, 은채는 눈을 감고 건물 외벽에 등을 기댔다. 여섯 시인데 내가 잘못 기억하고 있었나? 그런 것도 같았다…….

현기증이 가시고, 땅바닥이 고정된다.

"여섯 시에 뷔페 가기로 했잖아, 서은채."

"뷔페? 어제 먹었는데 또 먹어?"

그나저나 왜 자꾸 서은채라고 하는 거지? 지섭은 은채 이름을 안 불렀으면 안 불렀지, 성까지 붙여서 부른 적이 없었다.

"뭘 또 어제야. 안 하던 전화까지 해서는 이상한 얘기만 하고. 너 뭐냐, 서은채. 이따가 봐."

지섭이 전화를 뚝 끊었다. 너야말로 뭔데, 민지섭?

다시 전화를 걸려다가 구차하게 보일 것 같아 손을 멈췄다. 너무 추워서 길 건너 카페에 들어왔다. 외출 준비로 법석을 떠느라 아무것도 못 먹어서 빈속이었다. 간단히 뭐라도 먹어 둬야 뷔페 가서 실력 발휘를 할 수 있다. 카페라테와 쿠키를 주문한다.

따뜻한 음료와 달콤한 과자를 먹다 보니 몸이 녹고 마음도 진정되었다. 지섭의 말과 태도가 수상쩍다가도 쑥스러움을 타나 보네, 생각하니 수긍이 가면서 재미있기까지 했다. 어제 고백하고는 새삼 민망해서 불퉁하게 구는 모습이 서툴게 짠, 오늘 이렇게 두르고 나온 목도리처럼 귀여웠다. 짝이 됐을 때도 처음에는 말도 없고, 눈도 잘 못 마주치고 그랬으니까.

느긋하고 느른해진 태도로 휴대폰을 켜니 배터리 잔량이 35퍼센트다. 케이블이 헐거워서 충전이 또 되다 말았나 보다. 휴대폰은 코트 주머니에 모셔 놓고 뭐 시간 때울 거 없나, 하며 가방을 뒤적이니 출력해서 집게로 묶어 둔 대학 모집 요강이 나왔다. 지섭, 아영과 함께 지원하기로 한 대학교 서류였다. 이런 건 재미가 없지.

종이 뭉치를 다시 가방에 넣고 거울을 꺼냈다. 화장을 점검하고 어제 일을 하나씩 되새기다가 졸다가 하다 보니, 시간이 흘러 슬슬 움직일 때였다. 자리에서 일어나 카페 밖으로 나갔다. 온기가 살아난 얼굴에 감겨드는 겨울 공기가 상쾌했다.

하지만 약속 장소인 뷔페로 가서 지섭과 아영을 보는 순간, 은채는 모난 돌멩이를 한 주먹 삼킨 기분이 되고 말았다. 그렇다. 아영이었다. 지섭과 만나기로 했는데 아영도 왔고, 심지어 지섭 옆자리에 앉아 있었다. 둘은 서로를 향해 몸을 기울인 채 웃으면서 이야기를 나누는 중이었다. 어제 엘리베이터 앞에서 그랬듯이. 이제 지섭은 은채의 썸남이 아니라 남자 친구인데 말이다.

은채는 등 뒤로 늘어뜨린 긴 머리카락이 풀썩이도록 성큼성큼 걸어가서 두 사람을 내려다보았다.

"왔어? 빨리 왔네."

아영이 몸을 바로 하며 말했지만 자리를 옮기지는 않았다. 그러고 보니 지섭과 사귀기로 했다는 소식을 아영에게 알려 주지 않았다. 평소라면 생중계하다시피 했을 텐데, 꿈결 같고 마법 같은 고백 순간을 되풀이해 떠올리다 보니 그럴 새가 없었다.

지섭도 언질을 주지 않은 눈치였다. 어쩌면 오늘도 아영의 협조를 받아 엉성한 이벤트를 준비했을지도 모른다. 그런 기대감을 부풀리려 노력하며 은채는 일단 두 사람의 맞은편에 앉았다. 은은한 조명 아래 아영의 눈매가 깊었다.

뭐지, 눈 화장을 했잖아?

은채가 실험 정신과 봉사 정신을 반씩 섞어서 화장해 줄 때마다 아영은 마스카라를 바르기가 어려울 정도로 미친 듯이 눈을 깜빡거렸다. 그런데 오늘은 제 손으로 아이새도에 아이라인, 마스카라까지 하고 나왔다. 초보치고는 솜씨가 제법이다. 남몰래 연습이라도 했나?

"아영아, 넌 여기 어쩐 일로……."

"선물이야! 수능 잘 본 거 축하하고, 이번엔 원하는 대학 꼭 합격하라고 준비했어."

아영이 작은 쇼핑백을 내미는 바람에 은채가 날을 세워 꺼낸 말은 묻히고 말았다.

셋 다 수능을 봤고 정시 지원도 이제 다 같이 할 텐데 왜 나한테만 선물을 주지?

은채는 이상하게 생각하면서도 쇼핑백을 받았다. 핸드크림이었다. 자타가 공인하는 메이크업 선수인 은채에게 로션과 크림 바르는 순서도 헷갈리는 아영이 아무리 핸드크림이라지만 화장품을 선물하다니. 솔직히 좀 웃겼다.

지섭 쪽을 보니 지섭은 은채가 풀어서 의자에 올려 둔 목도리를 보며 어이가 없다는 표정을 짓고 있었다. 왜 하필 그걸, 하는 눈빛이었다.

오늘은 얼렁뚱땅 끼워 놓았지만 잘 살펴보면 아귀가 맞지 않는 레고 조각처럼 하나부터 열까지 모든 게 삐걱거리고 의심스러웠다. 은채는 뭐가 문제인 걸까 고민하며 핸드크림을 들여다보다가 고개를 들었다. 그런데, 지섭과 아영이 테이블 아래로 손을 잡고 있었다!

"야! 너네 뭐야!"

분노보다는 경악에 가까운 외침이었다. 은채가 깜짝 놀라서 벌떡 일어나며 소리치는 바람에 들고 있던 핸드크림이 두 사람 사이로 날아갔다. 슝 날려 보낸 창살이나 포탄처럼. 손님들이 모두 은채를 쳐다봤고, 지섭과 아영은 당혹감으로 얼굴이 일그러졌다. 무안해진 은채는 자리에 다시 주저앉았다.

"민지섭 너, 나한테 고백하고 하루도 안 지났는데 어떻게 내 앞에서 이래? 양다리야? 미쳤어?"

"고백? 헤어진 지가 언젠데 너야말로 왜 이래? 자꾸 이상하게 굴래? 아영이도 있는데 저 목도리를 하고 나오질 않나……."

"헤어져? 그게 무슨 소리야? 오늘 겨우 이틀쨌넨데 뭘 헤어져?"

"은채야, 너 3월부터 재수 학원 다닌다고, 공부에만 집중하고 싶다면서 지섭이한테 이별 통보 했잖아. 그때 지섭이 엄청 힘들어했는데 왜 또 이래."

3월? 지금 1월인데? 재수 학원? 나 아직 고등학교 졸업도 안 했는데? 이별 통보? 말했다시피 이제 겨우 시작이거든?! 친구의 말 한마디 한마디가 외계어로 읊는 양자 역학처럼 이해 불가였다.

"지섭이 위로해 주고 상담해 주다가 우리 둘이 가까워진 거고, 네가 괜찮다고, 이해한다고 해서 고마우면서도 미안했는데 갑자기 이러면……. 너 내년에 우리 학교 들어와서 셋이 같은 동아리에서 활동할 날만 기다리고 있는데, 난."

"잠깐, 잠깐!"

은채가 팔을 뻗어 아영의 말을 막았다. 어째 들으면 들을수록 헛소리의 농도와 강도가 심해진다.

"이거 장난이지? 장난이면 장난이라고 말해. 자꾸 이러면 나 화낼 거야. 진심이야."

"넌 끝까지 이기적이구나, 서은채. 다른 사람 돌아볼 줄 모르고 자기 생각만 하는 건 여전하네."

지섭의 싸늘한 목소리가 이거 장난 아니거든, 하고 장난 아니게 냉혹한 진실을 은채에게 떠안겼다. 장난이나 이벤트가 아니라면 뭔가 잘못돼도 단단히 잘못된 것이 틀림없었다.

"민지섭, 이아영, 너희 둘이 같은 대학을 다닌다고? 아직 원서도 안 썼는데 어떻게 너희는 합격하고 난 불합격이라는 걸 알아?"

"너야말로 장난 그만해, 서은채. 하나도 재미없어."

지섭이 울상이 된 아영을 한쪽 팔로 감싸안으며 말했다. 어둠을 더듬어 은채의 손을 잡던 어젯밤의 따뜻함과 다정함은 온데간데없었다. 은채는 날카로운 얼음송곳이 꽂힌 듯 가슴이 아팠다.

"자, 이거 봐. 우리 아직 원서도 안 썼다니까?"

가방에서 대학 요강을 꺼내어 테이블에 올려놓자 그제야 맨 위에 커다랗게 쓰인 숫자 네 자리가 보였다. 올해가 아니라 내년도에 해당하는 숫자였다. 은채의 입이 떡 벌어졌다.

"오래 기다리셨습니다. 주문하시겠어요?"

점원이 다가와 물었다. 아영이 시름 깊은 목소리로 3인이라고 대답했다.

"샐러드 바는 바로 이용하시면 되고요, 오늘 12월 31일 기념으로 특별 메뉴가 준비되어 있는데 안내해 드릴까요?"

"12월 31일이라고요?"

은채가 소리쳤고, 지섭은 더는 못 참겠다는 표정으로 은채를 노려봤다. 사귄 지 이틀 된 여자 친구가 아니라 이백 년쯤 묵은 원수를 보는 눈빛이었다.

"네, 고객님. 연말 이벤트로 안심스테이크와 글라스 와인을 주문하시면 12퍼센트 할인에 31퍼센트 적립이 됩니다."

은채는 아니야, 이건 아니야, 하고 고개를 저으며 가방에서 휴대폰을 꺼냈다. 상태 바에 조그맣게 뜬 날짜는 12월 31일. 휴대폰 운영 시스템에 오류가 생겼나 싶어서 위젯 달력과 포털 사이트까지 확인해 봐도 역시 12월 31일.

12월 31일 밤에 자고 일어나니 1월 1일이 아니라 365일이 지나 다음 해 12월 31일이 되어 버린 것이다. 지난 일 년 동안의 삶이 기억나지 않았다. 정시 불합격도, 이별도, 재수 생활과 다시 본 수능도, 단짝과 예전 남친의 연애담도.

"이건 아니야. 절대로 아니야."

등줄기가 서늘하도록 무서워졌다. 시간을 뒤트는 블랙홀에 빠졌다는 두려움에 사로잡힌 은채는 가방도 버려두고는 자리를 박차고 뛰쳐나갔다.

계단을 뛰어 내려가서 건물 밖으로 나가자, 어두워져 가는 하늘에 뜬 희붐한 반달이 겨울 거리를 내려다보고 있었다. 은채는 달빛이 던진 그물에 포획된 듯 멈추어 섰다. 반달이라니. 어제는 달이 보이지 않는 날이었다. 천문에 문외한이지만, 달이 하룻밤 사이에 저렇게 확 바뀔 수 없다는 상식쯤은 알았다.

하늘에서 눈송이가 하나둘 떨어지더니 얼마 지나지 않아 함박눈이 쏟아지기 시작했다. 밤새도록 내려 세상을 하얗게 뒤덮을 대설이었다.

3

따뜻하고 축축한 것이 얼굴을 핥았다. 잠에 겨운 은채는 참고 버티다가 눈을 떴다. 꼬리 치는 달록이가 보였다. 침대 밑에 널브러진 두꺼운 교재를 밟고 침대에 올라온 모양이었다.

달록이를 껴안고 쓰다듬다 은채는 무언가를 깨달았다. 은채의 침으로 젖은 얼굴에서 핏기가 가셨다. 며칠 전에 미용한 달록이 털이 길고 덥수룩했다……!

침대 옆 커튼을 열어젖혔다. 새파란 하늘과 가지만 앙상한 겨울나무, 차 지붕, 지상 주차장. 어젯밤 늦게까지 함박눈이 내렸는데, 그 어디에도 눈 한 송이 흔적조차 없었다.

휴대폰을 확인하니 아니나 다를까, 12월 31일이다. 날짜로만 따지면 스물한 살이 된 셈이지만 아무것도 기억나지 않았다. 지섭에게 목도리를 받을 때만 해도 달콤한 마법 같았던 섣달그믐이 이제는 음흉한 저주 같았다. 잠들면 다음 해 마지막 날에 눈을 뜨는 저주 말이다.

"이게 뭐야! 나만 억울하잖아!"

자기도 모르게 그런 말이 튀어나왔다. 정말이지 억울했다. 남들은 하루에 하루씩 사는데 혼자서만 하루에 한 해씩 사는 인생이라니, 불공정하고 부당했다.

지난 일 년이 기억이라도 나면 모를까, 기억 속 마지막 페이지는 샐러드 뷔페에서 달려 나와 올려다보던 반달과 하늘에서 쏟아져 내리던 눈송이였다. 그러고 나서는 365쪽이나 되는 페이지가 집게로 집어 놓은 두꺼운 서류처럼 뭉텅이로 척, 넘어가 스물한 살의 12월 31일이 되었다.

제대로 살아 보지도 못한 인생인데, 앞으로도 이렇게 손끝을 스쳐 달아나 버리는 것일까.

은채는 두렵고 불안한 마음에 눈물을 흘렸다. 달록이가 어쩔 줄 몰라 하며 꼬리와 함께 온몸을 흔들었다. 세상만사에 무심한 고양이 알록이조차 은채의 울음소리를 듣고 방으로 오더니 가장 높은 곳, 책장 꼭대기에 올라앉아서는 몹시 불행한 상태인 집사를 굽어보았다. 그러고는 날벌레나 먼지 같은 하찮은 사냥감을 발견했을 때처럼 상체를 낮추고 엉덩이를 씰룩씰룩, 순식간에 집사의 허벅지를 향해 점프! 사냥감이 된 집사 입에서 "윽!" 소리가 터져 나오고 눈물은 쏙 들어간다.

본의 아니게 정신을 좀 차린 은채는 휴대폰 탐색을 개시했다. 갤러리와 메모장과 투두 리스트와 카톡과 문자 메시지, 에타와 인스타그램과 트위터와 알바 앱과 공모전 앱 등등에 지난 일 년 동안의 기록이 빼곡했다.

대학에 가기는 갔는데 아영과 지섭이 다니는 학교는 아니고, 학부는 갑자기 웬 어문학부? 게다가 생각도 않던 스페인어를 전공할 계획이고?

"Me pasó algo raro."

은채가 천장을 올려다보며 웅얼거린 스페인어 문장이다. 번역하자면 '나에게 이상한 일이 일어났다'. 스페인어 공부를 하긴 하는 모양이었다.

휴대폰 갤러리를 뒤적이다가 아영, 지섭과 함께 한강 잔디밭에서 찍은 사진에 시선이 멈췄다. 사진은 은채가 셀카 모드로 찍었고 아영과 지섭은 옆통수를 맞대고서 서로의 어깨에 팔을 두르고 있다. 군복을 입은 지섭과 그 옆에서 햇빛 때문에 미간을 찌푸린 아영을 찍어 준 사진도 나왔다. 군대 가셨군, 민지섭.

"얘네랑 계속 친하게 지낸 거야? 그렇게 안 봤는데 서은채, 마음 넉넉하네."

혼잣말에 대답이라도 하듯이 아영에게 '두 시 체크인 맞지?'라는 메시지가 왔다. '체크인? 무슨 소리야?' 하고 화들짝 놀라 묻는다면 그것은 하수나 초보. 어제, 아니지, 작년 실수를 반복할 이유는 없다.

달력 앱에서 일정을 확인한다. 호텔 모양 스티커가 붙은 오늘 날짜에 서울 시내 한 호텔의 이름이 적혀 있다. 메일함에 들어가자 호텔 1박 예약을 확인하는 메일이 별표가 붙은 채 상단에 고정되어 있다. 여름이 오기도 전에 깜짝 초특가로 예약한 방이다. 고층 호텔에서 내려다보는 섣달그믐 밤이라…… 그럴듯하잖아?

이런 이벤트를 기획한 반년 전의 자신을 칭찬하며 화장실로 향했다. 어차피 이렇게 된 거, 재미나게 놀면 놀수록 이득이지. 어찌 보면 365일 중 딱 한 번 찾아온 천금 같은 하루 아닌가. 시간을 건 너뛴다는 공포에 사로잡혀 아무것도 하지 않고 허비하기에는 오 늘 하루가 너무 짧고 소중했다.

화장실에서 거울을 본 은채는 짧은 탄성을 뱉었다. 머리 스타 일이 달라졌다. 겨드랑이 근처까지 오던 머리를 어깨선 위쪽으 로 잘랐는데, 대단히 잘 어울렸다. 머리카락을 3센티미터 이상 자 르면 그 길이만큼 다시 자랄 때까지 시무룩하게 지내서 친구들이 항상 '삼손 후손 은손'이라고 놀렸었는데, 드디어 그 버릇을 고치 고 제 스타일을 찾았구나.

지난 메시지를 추적해서 알아낸 약속 장소, 지하철 개찰구 앞 으로 갔다. 아영이 먼저 와서 기다리고 있었다. 청바지에 패딩 점 퍼, 하나로 묶은 머리와 처음 보는 금속 테 안경, 옅게 화장한 얼 굴. 추위에 발개진 아영의 뺨과 호텔에서 보내는 특별한 하룻밤 을 기대하며 반짝이는 눈을 보자, 은채는 손난로라도 쥔 듯 마음 이 따뜻해졌다. 힘들고 긴장됐던 수험생 생활과 입시, 합격과 불 합격, 어긋난 인연을 거치고도 이아영이란 사람이 자신 옆에 친 구로 남아 있다는 사실 자체가 신기하고 애틋했다.

"몇 번을 봐도 잘 어울리네."

아영이 공들여 드라이한 은채의 머리를 보며 말했다.

"너도 안경 잘 어울려."

"바꾼 지 반년도 넘었는데?"

"그, 그러니까. 반년을 봐도 볼 때마다 잘 어울린다고."

아영이 캐리어를 끌고 개찰구를 통과했다. 은채는 아영을 따라 에스컬레이터로 향하며 물었다.

"하룻밤 자는데 뭘 그렇게 많이 싸 왔어?"

"마실 게 들어서 그래. 호텔은 네가 예약하고 마실 건 내가 준비하기로 했잖아."

"마실 거? 호텔 근처에서 사도 되지 않아? 편의점 많을 텐데."

"마트가 더 싸니까."

호텔에 도착해 체크인하고서야 알게 되었다. 아영이 준비해 온 마실 거리란, 술이었다. 전날 마트에 가서 사 왔다는 특별히 커다란 와인과 여섯 캔이 한 팩으로 묶인 맥주, 백세주가 큰 병으로 둘. 종류도 다양하고 양도 많았다.

"우리…… 술을 잘 마셨던가?"

'우리' 중 은채로 말하자면, 기억나는 마지막 날까지만 해도 술에 관한 경험치는 없다시피 했다.

"무슨, 형편없지. 그래도 날 잡아서 마시는 건데 모자라면 아쉽잖아. 뭘 마시고 싶어질지 몰라서 종류별로 다 사 왔어."

그건 그렇지, 하고 고개를 끄덕이면서도 은채는 뚱뚱한 와인병을 손가락 끝으로 두드려 보았다. 못 건너는 돌다리, 두드려라도 보듯이.

짐을 두고 호텔을 나선 두 사람은 북적이는 거리를 돌아다니며 네 컷 사진도 찍고, 코인 노래방에서 생목으로 악을 쓰며 노래도 부르고, 잡화점에 들이닥쳐 쓸모도 없고 필요도 없는 잡동사니를 사서 나눠 갖고, 떡볶이와 튀김과 순대를 사 먹고, 옷과 신발을 구경하다가 삼겹살과 목살을 2인분씩 먹은 후 밤 아홉 시가 지나 호텔로 돌아왔다.

그리고 작정한 대로 술의 시간이 도래했다. 둘은 작은 테이블에 마주 앉아 와인 뚜껑을 열었다. 호텔에 비치된 물잔에 따라서 한 입 맛보니, 예상보다 달았다.

"이거 요리용 와인이라는데? 왜 그, 소스에 넣는 맛술 같은 거."

혹시 오늘 같은 날에 딱 어울리는 뜻일까 싶어서 프랑스어로 된 와인 이름을 검색해 본 은채가 말했다. 섣달그믐과는 상관없는 이름이었으나 이름이야 어떻든, 달짝지근하고 감칠맛이 도는 것이 맛있었다.

"어쩐지 너무 크고 너무 싸고 너무 달다 싶었어."

"근데 너, 지섭이 계속 기다릴 거야?"

은채는 와인을 홀짝이며 술김에 물었다. 요리용이든 뭐든 술은 술이니까.

"이제 얼마 안 남았는데, 뭐."

"나 오늘 무의식적으로 그 목도리 또 하고 나올 뻔한 거 있지."

"솔직히 너한테 안 어울려."

"누구? 민지섭?"

"지섭이가 선물한 목도리! 목도리에 비하면 네가 너무 아깝지. 어쩜 손재주가 없어도 그렇게 없냐."

"나 기분 좋으라고 민지섭 욕해 주는 거야?"

"그래 봤자 내 얼굴에 침 뱉긴데."

"호오, 남친을 내 몸같이 여긴다?"

"너 술 마시고 취해서 작년처럼 이상한 소리 하고 뛰쳐나가고 그러면 안 된다?"

은채는 아영이 작년이라고 말한 어제 일을 떠올리며 고질적인 안구 건조증으로 빽빽한 눈을 잠시 감았다. 그러다가 아영이 예고도 없이 뺨을 찰싹 때리는 바람에 깜짝 놀라서 다시 눈을 떴다.

"뭐야, 왜 때려!"

"조금이라도 존다 싶으면 때려서라도 깨워 달라며? 신신당부해 놓고는 딴소리야."

"안 잤거든?"

"눈을 이 초 이상 감고 있었잖아. 그러다가 자는 거지."

12월 31일에 호텔 예약을 한 이유가 아영의 감시 아래 잠들지 않기 위해서였다면, 술보다는 샷을 잔뜩 추가한 커피나 카페인을 눌러 담은 에너지 음료를 마셔야 했을 텐데. 그런데 정말 어떻게든 잠들지 않으면 내년 12월 31일이 아니라 1월 1일이 올까?

¿Por qué me estaba pasando algo tan extraño?

맞았는지 틀렸는지 검증도 안 되는 스페인어가 떠올랐다. 어쨌거나 번역하자면 이랬다.

왜 나한테 이런 이상한 일이 생겼을까?

"아영아, 내가 인생의 비밀 하나 알려 줄까?"

"인생에 비밀이 있다고? 난 소문만 있는 줄 알았는데. 암튼 어떤 비밀?"

"앞으로 시간이 쏜살같이 흐를 거야. 무슨 일을 하고 무슨 생각을 하면서 살았는지 기억나지도 않을 만큼, 엄청나게 빠르게 흐를 거야."

"그게 무슨 비밀이냐. 우리 엄마가 맨날 하는 말인데."

"직접 겪어 보면 느낌이 달라. 일 년이 막 하루 같거든."

두 사람은 와인을 물잔에 따라 마시다가 바닥에 쓰러지듯 누웠다. 먼저 잠든 쪽은 아영이었고, 눈에서 초점이 없어지는 친구의 어깨를 흔들며 일어나라고, 맥주와 백세주는 시작도 안 했다고 혀 꼬부라진 소리로 다그치며 뺨을 꼬집은 쪽은 은채였다.

"내일이 와도 그건 내일이 아니고…… 오늘은 어제가 되질 않고…… 어떡하지, 나."

의자 다리를 두 팔로 껴안고 곯아떨어지기 전, 은채가 중얼거렸다.

4

잠에서 깨어날 때마다 한 해가 흘러 있었다.

엊그제는 스물두 살, 어제는 스물세 살, 오늘은 스물네 살의 섣달그믐날.

엊그제부터 말해 보자면, 그 전날 밤 호텔에서 잠들었는데 깨어나니 집이었고 역시나 다음 해의 12월 31일이었다. 은채는 아침 일찍부터 장사하러 나가려는 엄마와 아빠를 붙들고 늘어졌다. 하루만 가게를 쉬라고 졸랐다. 지난 며칠, 아니, 몇 해 동안 부모님과 함께한 시간이 기억나지 않았다. 안타깝고 아쉽고 슬펐다.

마지못해 항복한 부모님은 계획에 없던 휴가를 은근히 즐거워하면서 겨울 바다나 보러 갈까, 했다. 그래서 달록이까지 데리고 바닷가로 놀러 갔다. 집에서만 용감한 알록이는 수상한 낌새를 눈치채고 세탁기 뒤에 숨어서 나오지 않았다. 사실, 예민한 고양이라 데리고 나갈 생각도 없었다.

갈매기의 날갯짓과 파도 소리를 되새기며 잠든 은채는 이듬해 마지막 날로 건너뛴 세상에서 깨어났다. 휴대폰을 확인한 결과, 아영은 4학년 2학기를 마치고 유학을 떠났다. 군대를 전역하고 복학한 지섭은 졸업하면 아영을 따라가려고 영어 공부에 열심이었다.

아영은 은채와 지섭에게 연말 선물로 샐러드 뷔페 식사권을 보내 주었다. 먼 나라로 훌쩍 떠난 절친과 여친을 그리워하는 두 사람이 12월 31일 저녁 다섯 시에 만났다. 둘은 마주 보고 앉아 고등학교 시절과 아영 얘기를 하며 좀 이른 저녁을 먹었고, 코인 노래방에 가서 애창곡을 세 곡씩 부른 다음 버스 정류장 앞에서 헤어졌다. 지섭은 인사하고 돌아서자마자 아영에게 메시지를 보내느라 여념이 없었다. 은채는 세상 혼자인 듯 쓸쓸하면서도 온 우주가 내 것인 양 허황한 마음으로 잠들었다.

그리하여 또다시, 섣달그믐이다. 휴대폰을 확인한 결과 지섭은 비자를 받은 후 영어 회화 실전반에 다니는 중이고, 아영은 먼 이국의 눈 덮인 거리 사진을 은채에게 보내 놓았다.

은채는 침대에 누운 채 겨울 이불을 온몸에 미라처럼 휘감고 얼굴과 두 발만 내놓았다. 커튼 틈으로 치고 들어온 빛이 벽지에 여러 무늬를 새겼다. 알록이와 달록이가 방문을 긁으며 울었다. 배가 고픈가? 심심한가?

은채는 배고프고 멍한 상태로 천장만 보다가 휴대폰으로 학교 홈페이지에 접속해 휴학을 신청했다. 들어가기도, 다니기도 힘들었을 테지만 휴학하는 데에는 몇 분 걸리지 않았다. 내일 눈을 떴는데 졸업식을 앞둔 상태라면 버스 뒷문이 열리고 나서야 버스카드를 찾아 허겁지겁 가방을 뒤지는, 그런 기분일 것 같았다.

휴학은 섣달그믐의 은채가 독단적으로 내린 결정이 아니었다. 일기장으로 쓰는 트위터 비공개 계정에도 현재와 미래를 향한 고민과 두려움이 가득했다.

"앞으로 어쩌지? 내 인생 정말 다 이렇게 흘러가 버리는 거야?"

인생이란 눈 깜짝할 사이 끝나 버리는 노래 한 곡과 같다는 말은 여기저기 주워들어서 알고 있었으며, 몸소 경험한 바이기도 했다. 하지만 이런 식으로 삶과 시간이 계단 365개를 한달음에 껑충 뛰어넘어 외발로 아슬아슬하게 마지막 단에 서 있게 놔둘 수는 없었다. 은채 생각에, 인생은 좀 더 견고하고 확실한 그 무엇이어야 했다.

이쯤에서 뭐라도 해 봐야 한다는 비장한 심정으로 일어났다. 방 밖으로 나가 알록달록이에게 새 물과 밥을 주고 화장은커녕 세수도 생략하고 편의점으로 갔다. 독하기로 악명 높은 에너지 음료와 고카페인이 함유된 커피, 초코우유를 잔뜩 산다. 음료들을 책상 위에 늘어놓고 한 시간에 하나씩 마셨다. 휴대폰에는 디지털시계를 띄워 놓고 일 분 일 초의 흐름을 노려봤다.

오후 세 시에서 일곱 시까지는 쏜살같았고 여덟 시부터 열 시까지는 천천히 흘렀다. 피와 장기와 뇌를 카페인으로 절인 느낌이었다. 방망이로 후려친 듯 심장이 세게 뛰고 혀와 목구멍이 바싹바싹 마르고 손이 떨리고 발은 바닥에서 한 뼘쯤 떠 있는 것 같았다. 한마디로 제정신이 아니었다.

잠들지 않고 깨어 있으면 어떤 일이 일어날까? 이 괴상한 현상이 사라질까?

열한 시가 되고, 열한 시 오십일 분, 오십이 분, 오십삼 분……
올해의 섣달그믐 밤도 이제 몇 분 남지 않았다.

은채는 오십구 분 오십구 초에 잠들어 버려서 작전에 실패하는
자신을 상상했다. 말도 안 되지. 그럴 리가 없어! 앞으로도 열흘
동안은 잠이 오지 않을 것 같은데 몇 분을 버티지 못할 리가.

잠들지 않았는데 내년 12월 31일로 건너뛰는 상황도 가정해 보
았다. 그때쯤이면 아영과 지섭은 결혼이라도 했으려나? 나는 졸
업하기 무서워서 한 학기를 마지막 물 한 모금처럼 남겨 놓고 또
휴학했을지도?

왜 이래, 서은채. 통나무처럼 무겁고 띵한 머리를 흔들었다. 불
행 회로는 차단하고 희망찬 미래를 꿈꿔 봐. 행복한 상상은 공짜
인 데다가 정신 건강에도 이롭다고. 누가 알겠어, 졸업하기도 전
에 튼실한 기업에 입사할지? 부모님 가게의 기둥 아래에서 금괴
가 발견된다든지 아무 짓도 안 했는데 전자뇌라도 이식한 듯 모
든 스페인어 문장이 이해된다든지, 그런 일이 일어날지도 모르잖
아. 은채는 자기 자신을 격려하려 애썼다.

열한 시 오십오 분. 제야의 종 행사를 중계하는 유튜브 방송을
태블릿으로 틀어 놓고 방 한가운데에 섰다.

오십구 분 삼십 초, 삼십일 초, 삼십이 초, 삼십삼 초…… 연말
과 연초의 신에게 기도하는 심정으로 두 손을 맞잡아 쥐었다. 가
진 건 없고 진실한 눈물이라도 바치고 싶은데 눈물 한 방울 없이

건조한 눈에서는 데굴데굴 눈알 굴러가는 소리가 들릴 지경이다.

아, 화장실 가고 싶다. 이뇨 작용이 있는 카페인 음료를 그렇게 마셔 댔으니. 하지만 몇 년 동안 구경도 못 해 본 새해를 화장실에서 맞이하기는 싫으니 일단 참아 보기로 했다.

태블릿 화면에 커다랗게 카운트다운이 표시되기 시작했다.

10, 9, 8, 7, 6, 5, 4, 3, 2, 1……!

"성공했어!"

은채는 두 팔을 쳐들고 콩콩 뛰었다. 드디어 새해가 밝았다! 1월 1일이야! 섣달그믐 하루가 아니라 한 해를 온전히 기억할 수 있게 됐어!

그런데 이상했다.

태블릿 화면에서 숫자 1이 없어지지 않았다. 보신각종을 화면 가득 잡은 영상 위로 커다란 1이 남아 있었다. 꼭 누군가가 영영 읽지 않을 메시지처럼.

태블릿 옆 휴대폰을 확인하니, 디지털시계가 '24:00:00'에 멈춘 상태였다. 두 기계가 동시에 고장이라도 났나 싶어서 가까이 다가가자, 시간이 바뀌었다.

24:00:01

00:00:00이 아니라 24:00:01? 지구상에 존재하지 않는 시간 체

계였다. 게다가 날짜는 여전히 12월 31일이었다.

은채는 맥이 풀려 주저앉았다. 1월 1일이 온 것이 아니었다. 12월 31일이 계속 이어졌다.

핏발 선 눈으로 태블릿과 휴대폰을 멍하니 바라봤다. 12월 31일에 멈춘 시간은 부지런히도 흘러 25시가 되었다.

12월 31일 25시. 밤새 영업하는 편의점이나 음식점, 긴급 출동해서 막힌 하수구를 뚫어 준다는 업체 광고에서나 볼 수 있는 상투적이고 관념적인 표현, 25시. 그 가상의 시간이 이 방에서는, 은채의 삶에서는 실재했고 유효했다. 즉, 1월 1일이라는 내일은 오지 않고, 12월 31일에 멈춘 오늘이 길고 길게 늘어나 끝없이 계속되는 것이다.

방문을 열었다. 달록이가 문 앞에 조각처럼 우두커니 서 있다. 가만히 보니 천천히, 정말 아주 천천히 꼬리가 움직인다. 너무 느리고 미세한 움직임이라 아예 멈춘 것만 같다.

한참을 지켜봐도 꼬리를 채 반 바퀴도 휘젓지 못한 달록이를 지나쳐 다용도실 쪽으로 가 본다. 모래 화장실에 들어간 알록이의 엉덩이 아래, 땅콩처럼 생긴 똥이 허공에 그린 듯 떠 있다.

은채는 웃어야 할지 울어야 할지 몰라 찡그린 얼굴로 집 안을 방황하다가 침대에 누웠다. 얌전한 시체처럼 두 손을 배 위에 겹쳐 올리고 눈을 감았다. 잠을 자자. 차라리 또다시 일 년을 잃어버리고 내년을 맞이하는 편이 낫겠어.

그러나 목구멍까지 차서 찰랑이는 카페인 때문에 잠이 오지 않았다. 잠은 이미 저 멀리, 의식 바깥으로 쫓겨났다.

아프도록 눈을 꽉 감고 있다가 일어나서 발코니로 나갔다. 창문을 열고 바깥을 내다본다. 높고 낮은 건물 너머로 지대가 높은 공원이 보였다. 저 공원에서는 한 해의 마지막 밤이면 사람들이 모여 폭죽을 터뜨리고 논다. 지섭이 달 없는 밤에 고백과 함께 목도리를 건넸던 곳이기도 하다.

오늘도 달이 없다시피 몹시 희미하다. 열아홉 살 섣달그믐, 인생 최초의 사랑이 이루어지던 떨림과 설렘이, 그 주변을 잔향처럼 맴돌던 뜻 모를 불안이 떠올랐다. 어떤 마음은 향수 같아서 잠시 향기롭다가 날아가고, 어떤 마음은 조각 같아서 마음결에 홈과 자국으로 남는 모양이다.

지금 은채가 그리워하는 사람은 지섭이 아니다. 그날의 은채 자신이다. 인생이 얼마나 길고 동시에 얼마나 순식간인지 미처 알지 못했던 그때가, 가슴 뻐근하도록 그리웠다.

공원에서 빛줄기 하나가 올라왔다. 누군가가 새해를 기다리며 터뜨린 폭죽이 아주아주 천천히 치솟아 이제야 시야에 잡힌 것이다. 모양과 빛깔을 알아보기 힘들었다. 얼마나 오래 기다려야 불꽃을 확인하게 될까. 인생이란 잠들기에는 너무 금방이고, 뜬눈으로 지새우기에는 지나치게 영원했다.

지금은 12월 31일과 1월 1일 사이에 숨은 시간. 마치 인생의 첫

맛이나 뒷맛처럼.

설달그믐 밤의 하늘로 폭죽처럼 쏘아 올려진 삶이 어떤 모양으로 타올랐다가 사그라들지, 은채 자신도 아직은 몰랐다.

.

이따금 깨끗이 잊어버리고 싶다고 생각하면서도 끝내 잊지 못할 시간을 떠올리며 이 이야기를 썼다.

나에게는 십 대 후반이 바로 그런 때였다. 스무 살 직전의 찬란하고도 혹독한 시절……. 그 몇 년은 아직도 선명하고 강렬한 기억으로 남아 있다.

정신없이 흘러가는 세월 속에서 중요한 것을 놓치고 있지 않나, 하고 두려워질 때면 하늘을 본다. 허공으로 치솟는 시간의 폭죽을 말이다.

소
향

모
서
리
의

파
수
꾼

소 | 향

2022년 김유정신인문학상을 수상하며 작품 활동을 시작했다. 지은 책으로 장편 소설 『화원귀 문구』, SF 소설집 『모르페우스의 문』, 장편 동화 『간판 없는 문구점의 기묘한 이야기』가 있다. 『촉법소년』 『빌런은 바로 너』 등 여러 앤솔러지에 작품을 수록했다. 과학과 역사, 예술이 어우러지는 다양한 장르의 글을 쓰고 있다.

폭설이 내린다던 일기 예보가 맞았다. 눈을 떠 보니 창밖에 보이는 세상이 온통 눈으로 덮여 있었다. 아파트 1층 현관 유리문 바깥도 어디나 하얀 눈이었다.

출입구 앞에 깔린 매트 위에 멈춰 서서 학교 가지 말까, 잠시 고민했다. 수능도 끝나고 수시도 합격한 고3은 그래도 될 것 같았다. 더구나 방학식인 12월 31일까지는 며칠 남지도 않았다.

하지만 비가 오나 눈이 오나 생리 결석 한 번 없이 십이 년을 빠짐없이 등교한 관성이 자연스럽게 발걸음을 학교로 이끌었다. 그깟 결석이 뭐라고 청소년 시절의 끄트머리에 스크래치를 내는 것 같기도 했다.

간만의 눈이 반가웠던지 누군가가 아침부터 눈 오리를 만들어 화단 경계석에 조르륵 세워 놓았다. 좁은 경계석 위에 다정하게 줄 선 오리들은 어쩐지 조금 위태로워 보였다.

몸에 힘을 잔뜩 주고 쫓기듯 빠르게 걸음을 옮겼다. 목덜미로 파고드는 찬바람 때문만은 아니었다. 예전부터 나는 경계의 날에 가까워지면 아찔하게 높은 곳에서 줄타기를 하는 서커스 단원처럼 불안해졌다.

며칠만 있으면 스무 살이 된다. 그리고 하루아침에 나를 아이와 성인으로 가르게 될 그 날은 살면서 올라섰던 그 어떤 경계선보다 높아 보였다. 여느 날과 똑같은 해가 뜰 테지만, 12월 31일 자정이 지나면 마법처럼 성인이 되는 것이다. 낮과 밤의 경계, 계절이 바뀌는 경계, 꿈과 현실의 경계에 이은 아이에서 어른으로 바뀌는 경계의 날을, 나는 애써 외면하고만 싶었다.

말로만 듣던 스무 살. 인생에서 가장 좋은 시절이라는 스무 살. 스무 살이 정말 그렇게나 좋을까? 어제까지 평범했던 인생이라도 스무 살만 되면 갑자기 빛나게 되는 걸까?

지나야, 송지나야, 살아 보고도 모르냐, 그럴 리가 없잖아. 이런 생각을 하며 학교 후문 근처 골목길을 걸을 때였다. 카톡 알림이 울려 무심코 휴대폰을 보다 우뚝 걸음을 멈추었다.

낯선 메시지가 와 있었다. 발신인은 프사조차 없는 모르는 사람이었다. 의아해서 고개를 갸웃하며 메시지를 열어 보려는 순간, 뒤에서 뭔가가 부딪히는 느낌이 들자마자 시야가 급격히 낮아졌다. 그대로 고꾸라진 것이다. 하필 패딩 지퍼를 잠그지 않아서 질

척한 슬러시처럼 녹은 눈에 손바닥부터 교복 상의까지 왕창 젖고
말았다.

뒤에 있던 애가 미안해하면서 내가 갑자기 멈춰 서는 바람에
부딪혔다고, 괜찮냐고 물었다. 비척비척 몸을 일으키며 괜찮다고
했다. 너무 창피해서 아무렇지 않은 척하는 게 더 급했다. 나는 손
을 턴 다음 서둘러 그 애를 떠밀 듯 보냈다.

가방에서 꺼낸 물티슈로 손과 옷을 대강 닦고 다시 휴대폰 액
정을 두드렸다. 손이 빨개질 정도로 시렸지만, 그만큼 낯선 사람
이 보낸 카톡 내용이 궁금했다.

[안녕? 나 김지후. 잘 지냈어?]

김지후? 김지후······. 삼 년간 잊고 산 이름을 두어 번 읊조리
자, 희미하던 윤곽이 점차 또렷해졌다. 중학교 3학년 때 같은 반
이었던 작은 체구에 말수 적은 남자애. 그 애에게 삼 년 만에 연락
이 오다니, 살다 보니 이런 일도 다 있구나.

중3 때 담임 선생님은 매달 한 번씩 생일인 아이들을 모아 파티
를 열어 주었다. 그런데 어느 날부터인가 선생님에게 변화가 생
겼다. 배가 불러 오기 시작한 것이다.

2학기 말, 선생님은 조산 기가 있어 예정보다 빨리 출산 휴가
에 들어가게 되었다며 몹시 미안해하면서 학교를 떠났다. 다음

날 새 담임으로 온 기간제 선생님은 신입생처럼 학교에 적응하느라 바빴고, 당연하다는 듯 12월 생일 파티는 하지 못하게 되었다. 12월에 생일이 있는 사람은 나와 김지후 둘뿐이었다. 그리고 둘 다 생일이 31일이었다.

나는 그러려니 하고 넘겼다. 늦된 아이로 태어나 손해 본 게 그때가 처음이 아니었으니까. 그런데 졸업식 날, 지후가 다가와 생일 선물이라며 내게 책 한 권을 건넸다. 뜻밖이었다. 우리는 평소 대화를 나누는 사이가 아니었다. 나는 책을 바로 받지 못하고 물끄러미 바라만 보았다. 『호밀밭의 파수꾼』이라는 제목이 눈에 들어왔다.

"늦었지만 생일 축하해. 재미있게 읽은 책인데 너도 그럴 것 같아서."

차라리 졸업 선물이라고 하지, 다 지난 생일 선물이라니. 역시 어딘가 센스가 조금 떨어지는 애라는 생각을 하며 책을 받아 들었던 것 같다.

"고마워."

"너는 언젠가 내가 꼭 다시 만날 사람이라고 하더라. 모서리 맞은편에 선 애가 아마도 네가 아닐까 싶어. 그러니까 나중에, 전에 못한 생일 파티 같이할래?"

암호도 아니고, 도대체 무슨 말인지 이해가 되지 않았다. 그런데도 고개를 살짝 끄덕이고 말았다. 마치 누군가가 잡고 흔든 듯이. 그러자 긴장했던 지후의 얼굴에 금세 화색이 돌았다.

"약속한 거다! 잘 지내고, 나중에 보자. 연락할게."

김지후는 손을 크게 흔들며 제 부모님에게 달려갔다.

순간 김지후가 날 좋아했나 싶었다. 하지만 곧 아닐 거란 생각에 고개를 저었다. 평소 김지후에게서 어떤 낌새도 느끼지 못했고, 무엇보다 나는 평생 고백 같은 건 받아 본 적 없는 평범한 애였다.

이상했다. 선물보다도 지후의 입에서 나온 말, 모서리에 선다는 말이 묘한 여운을 남겼다. 그리고 그 말을 들었을 때 모호했던 내 정체성이 구체화되는 느낌이 들었다. 중심에 들지 못하고 언제나 가장자리를 맴도는 나는 모서리라는 위태로운 자리에 어울릴지도 모른다.

김지후도 반에서 어지간히 존재감이 없었기에 내게 동질감을 느꼈나 짐작해 보았다. 더구나 생일도 같으니까. 그것 말고 그 애의 말과 행동을 이해할 만한 다른 까닭은 떠오르지 않았다.

그날의 일은 곧 바쁜 고등학교 생활 속에서 잊혔다. 그런데 삼 년이 지나서 정말로 연락이 온 것이다. 나는 손이 시린 것도 잊을 만큼 뭐라 설명할 수 없는 기분에 휩싸였다.

교실에 들어서자 나은이 눈을 동그랗게 떴다.

"지나야, 너 옷이 왜 그래?"

"아, 어쩌다 보니까 이렇게 됐어. 나은아, 너 사물함에 체육복 있지? 좀 빌려주라."

멋쩍게 부탁하는 내게 나은은 난감한 표정을 지었다.

"어? 아…… 그건 좀 곤란한데. 미안해."

"왜?"

"시환이가 전에 빌려 입었잖아."

나는 기분이 나쁘기보다 진심으로 이해가 되지 않아 되물었다.

"그런데?"

"시환이가 입었던 거 남이 입는 게 좀 그래서. 이해해 줄 수 있지?"

남? 남이라……. 그렇구나, 나는 너에게 남이구나.

나은은 나와 가장 친한 친구다. 모두 그렇게 알고 있다. 하지만 최근, 나은이 정말 친구가 맞나, 라는 물음이 내 머릿속의 7할을 장악하고 있다. 사실 최근이 아니라 꽤 오래된 생각이다. 나은 말고는 친구가 없기에 멀어질까 두려워 자꾸만 덮었을 뿐이다. 그런 생각을 한다는 게 나은에게 미안해 불쑥 솟아오르는 의문을 애써 외면하기도 했다. 스스로에게 고3이라 바쁘다는 핑계를 대면서.

나는 명문대 심리학과와 서울 중위권 대학의 사회 복지학과에 수시로 합격했다. 심리학과는 우주 상향 지원, 사회 복지학과는 하향 지원이었다. 심리학과는 내 수능 성적으로는 절대 갈 수 없는 곳이어서 원서 한 장 버린다, 하는 마음으로 지원했었다.

수시 결과를 확인했을 때, 나는 부모님과 부둥켜안고 한차례 방방 뛴 다음 곧바로 합격 소식을 나은에게 카톡으로 알렸다. 친척 말고는 처음으로 알린 것이었다.

그런데 주말이 지나도록 카톡의 1이 사라지지 않았다. 월요일에 등교해서 톡을 보았냐고 묻자 나은은 엉뚱한 얘기로 말을 돌렸다. 그동안 나은에게 수많은 축하를 보냈는데, 나은은 끝내 내게 합격 축하한다는 말을 하지 않았다.

나중에서야 나은이 하향 지원한 대학까지 모든 수시에 광탈했다는 걸 알았다. 물론 그때는 몰랐다. 나은의 성적이 언제나 나보다 높았으니까.

어느 날, 나은이 뜬금없이 이런 말을 했다.

"어디 등록했어? 심리학과보다 사회 복지학과가 낫지?"

무슨 말인지 어리둥절했다. 심리학과는 내가 꼭 가고 싶은 과였다. 나은도 그걸 잘 알고 있었다. 더구나 두 대학의 인지도도 한참 차이가 난다. 나은의 물음을 어떻게 해석해야 할지 몰라 선뜻 대답하지 못하다가 짧게 되물었다.

"왜?"

"심리학과 나와서 뭐 하게. 사회 복지학과는 자격증 나오잖아."

얼굴 근육이 딱딱하게 굳어가는 걸 느끼며 어색하게 답했다. 왜 이런 말을 하는 걸까, 진심으로 궁금해하면서.

"나 심리학과 갈 거야. 대학도 내가 꼭 가고 싶었던 곳이고."

"그래? 그래도 잘 생각해 봐. 너한테는 사회 복지학과가 더 잘 어울려."

"왜?"

"너 착하잖아."

말문이 막혔다. 차마 네가 가고 싶어 했던 대학에 내가 가는 게 그렇게 싫은 거냐고 물을 수 없었다. 그 말을 꺼내면, 우리는 그걸로 끝일 것 같았다.

긴 고민 끝에 대학에 전부 떨어지면 마음껏 축하해 주기는 힘들 거라고, 나 같아도 그럴 거라고 생각하기로 했다. 그래도 어쩔 수 없이 우리 사이엔 묘한 거리감이 생겼다. 이런 상태에서 체육복을 빌려주지 않겠다니. 그것도 고작 썸남인 시환이 입은 적이 있다는 이유로. 볼이 확 달아올랐다.

"그래, 시환이가 입었으면 좀 그렇긴 하겠다."

"그치? 역시 지나는 마음이 넓다니깐. 고마워."

착하다, 마음이 넓다, 이해심이 많다. 나은이 나에게 자주 하는 말이다. 그리고 이제 나는 그 말이 점점 듣기 싫어지는 중이다.

화장실에서 교복을 대충 수습했다. 물에 젖은 옷이 가슴팍에 착 달라붙어 차가웠다. 아니, 실은 아까부터 그랬던 것도 같다.

다시 교실로 가고 있는데 복도에서 학생 주임 선생님이 나를 불러 세웠다.

"지나야, 너 학급 임원이지? 선생님이랑 어디 좀 같이 가자."

"저 지금은 임원 아닌데요. 1학기 때 했어요."

"아, 그래? 그래도 따라와라, 착한 지나."

선생님까지 듣기 싫은 말을 했다. 나를 둘러싼 세계가 단체로 가스라이팅이라도 할 참인가?

선생님은 나를 교무실 옆에 있는 방송실로 데려갔다. 거기에 옆 반 회장이 있었다. 머리를 항상 짧게 자르고 다니고 농구에 빠져 사는 애라는 것 말고는 잘 모르는 애였다. 선생님이 박스 하나를 가리키며 말했다.

"이거 분실물 보관함인데, 이번 학기에 주인이 찾아가지 않은 것들이야. 곧 방학식이니까 정리해야 할 것 같아서. 재활용 쓰레기로 버릴 것들은 따로 분류해서 내놓고, 재활용 안 되는 것은 일반 쓰레기로 좀 버려 주렴."

박스 안을 들여다보았다. 온갖 물건이 들어 있었다. 학생증, 접이식 우산, 한쪽만 남은 이어폰, 구호 단체 팔찌, 문제집, 노트, 텀블러에 이름표가 뜯긴 체육복 상의까지. 대부분 새것으로 보였다. 멀쩡한 걸 버리는 게 어쩐지 찜찜했다.

"거의 다 새것 같은데요. 주인 찾아 줘야 하지 않을까요?"

선생님이 방송실을 나서다가 대답했다.

"찾으려면 진작 왔겠지. 사실은 버린 건데 잃어버린 척하는 걸

지도 몰라."

잃어버린 척하는 걸지도 모른다는 말이 곧장 날아와 가슴을 찔렀다. 내 주변도 다 '척'을 한다. 엄마와 아빠는 사이좋은 척을, 나은은 날 위해 주는 척을. 마치 그렇게 연기해야 세상이 정상적으로 굴러가기라도 한다는 것처럼.

그렇게 본심을 숨길 줄 알아야 어른이 될 수 있는 걸까. 나는 그걸 못해서 대학에 합격하고도 마음껏 기뻐하지 못하고, 내가 대학만 가면 엄마 아빠가 헤어지려 한다는 걸 알면서도 내색하지 못하는 걸까.

그때였다. 분실물 하나가 눈길을 잡아끌었다. 트렌치코트를 입은 테디 베어 키 링이었다. 아무 데에서나 파는 것으로는 보이지 않았다. 솜씨 좋은 누군가가 말 그대로 한 땀 한 땀 만든 듯 무척 귀엽고 고급스러웠다. 게다가 비닐로 포장되어 리본까지 묶여 있었다.

키 링을 들고 요리조리 살펴보았다. 테디 베어 말고도 아크릴로 된 하트가 달려 있었다. 하트를 뒤집어 보니 뒷면에 글씨가 새겨져 있었다.

참 괜찮은 너에게, JH.

JH라는 애가 '너'에게 선물한 것인가 보다. 우리 학교에 내가 아는 JH라면 김종하, 이지현, 정지혜…… 또 누가 있더라.

내가 키 링을 계속 뚫어지게 살펴보자 옆 반 회장이 물었다.

"갖고 싶어?"

분실물이나 탐내는 것 같아 민망해져 머쓱하게 대답했다.

"아니야, 주인 찾아 줄까 하고 좀 유심히 봤어. 이거 꽤 좋아 보이잖아. 메시지도 적혀 있고."

"선생님 말대로 찾을 생각 있었으면 벌써 찾으러 왔겠지. 그냥 네가 갖는 게 어때? 모든 건 그에 맞는 자리와 주인이 있다던데. 너랑 좀 어울리는 것 같기도 하고."

옆 반 회장은 말을 마치고 끙 소리를 내며 박스를 번쩍 들더니 밖으로 성큼성큼 발을 옮겼다.

나랑 어울린다고? 나는 키 링에 적힌 문구를 다시 한번 읽었다. 그리고 패딩 주머니에 슬그머니 찔러 넣었다. 아직도 가슴팍이 축축하고 서늘했다.

수능이 끝난 뒤 무늬만 학교인 고3 교실에는 선생님들이 들어오기는 하지만 수업은 거의 하지 않는다. 진로 탐색 강의나 유명인들의 특강도 노느라 다들 관심이 없다. 다행히 우리 반은 내성적이거나 게으른 애들이 많아 대부분 종일 휴대폰만 쳐다봐서 시끄럽지는 않다. 그래서 마음껏 잘 수 있다.

아침부터 여러 일로 벌써 지쳐 버려서 쿠션을 대고 책상에 엎

드렸다. 후회스러웠다. 아침에 현관에서 고민했을 때 집에 들어갔어야 했다. 하지만 다시 그 시간으로 돌아간대도 보나 마나 나는 학교에 왔을 거다. 그리고 넘어지고, 무안해지고, 가슴이 축축해졌겠지.

눈을 감기 전, 나은이 보였다. 얼마 전부터 나은에게 말할까 말까 망설이는 얘기가 있다. 내 생일 계획에 대한 것이다. 보통 서로의 생일 2주 전에는 무얼 할지 미리 정하는 데다, 이번에는 둘이 함께하기로 한 일도 있었다. 그런데도 나은은 어떻게 할지 아직 아무런 언질이 없었다. 그렇다고 먼저 묻기는 좀 그래서 하루 이틀 미루다 보니, 이제 겨우 3일을 남겨 두고 있었다.

12월 31일이 생일인 것은 여러모로 좋지 않다. 하루만 늦게 태어났어도, 라는 생각을 몇 번이나 했는지 모른다. 어려서는 다른 애들보다 발달이 느려 학습에 뒤처졌다. 크리스마스 선물과 생일 선물이 합쳐지는 건 기본이었다. 가족여행을 가느라 생일 파티에 오지 못한다는 아이들도 해마다 꼭 있었다.

그런 게 흐려질 나이가 되자 연말의 들뜬 분위기가 생일의 설렘을 덮어 버렸다. 새해가 되자마자 하루 차이로 나이를 먹는 게 억울했다. 무엇보다 늘 가장자리를 서성인 나답게, 생일조차 경계의 날이란 생각에 새삼 쓸쓸해지곤 했다.

나은의 생일은 1월 첫 주다. 학년만 같지 나보다 51주나 언니인 거다. 나은이 교내 상을 휩쓸 때도, 전교 임원이 되었을 때도, 학교 축제 때 전교생 앞에서 멋지게 춤을 출 때도 부러웠지만, 생일이 1월인 게 가장 부러웠다. 늦되어서 모든 걸 겨우겨우 따라잡은 나에 비하면 훨씬 수월한 삶을 살아왔을 테니까.

점심시간, 급식실 앞에서 결국 참지 못하고 묻고 말았다. 무심한 듯, 방금 생각났다는 듯이.

"참! 나은아, 내 생일 어떻게 할까? 지금이라도 강릉 기차표 예매할까? 이번엔 좀 특별하게 보내고 싶은데. 십 대의 마지막 생일이잖아."

내 말이 끝나기도 전에 나은의 얼굴이 차가워졌다.

"강릉?"

"응, 그때 내 생일에 같이 강릉 가기로……."

나은이 말을 자르며 내게 쏘아붙였다.

"너는 지금 나한테 그런 말을 하고 싶냐?"

"어?"

"너는 입시 끝났지만, 나는 정시도 남았는데 네 생일 얘기를 하고 싶냐고!"

예상치 못한 격한 반응에 얼굴이 화끈해졌다.

"아, 미안해. 거기까지 생각을 못 했네."

"그거 알아? 너 합격 톡 보내면서 나한테 붙었냐고 묻지도 않았어. 그때 내 기분이 어땠는지 모르지? 가끔 보면 너 되게 이기적이야."

묻지 않은 건 당연히 붙었을 거라고 생각해서 그런 거였는데……. 그 말을 꺼내기도 전에 나은은 쌩하니 교실로 돌아갔다. 나은을 따라 교실로 가기도, 그 자리에 서 있기도 민망해졌다. 또 가장자리, 날카로운 모서리에 서고 만 것이다. 나는 곁눈으로 주변을 슬쩍 둘러보다가 매점으로 발길을 돌렸다.

크림빵과 커피우유를 사서 운동장 구석 스탠드에 웅크려 앉아 점심을 때웠다. 차갑고 메마른 바람을 타고 은가루처럼 날리는 눈을 보며 내가 그렇게까지 잘못한 걸까 곰곰이 생각해 보았다. 점점 억울해졌다. 지금이라도 가서 내 입장을 전할까 싶었지만, 변명처럼 들릴 게 뻔했다.

올해 초 나은의 생일 때, 나는 좀 버거운 선물을 했다. 나은이 꼭 가고 싶다고 한 콘서트 티켓이었다. 티켓 가격도 가격이었지만, 예매하기가 얼마나 힘들었는지 모른다. 엄마와 아빠, 이모까지 동원해 공격적으로 클릭해서 겨우 예매했다.

그나마 잡은 우리 둘의 자리는 멀리 떨어져 있었고, 고3 올라가는데 콘서트나 간다는 눈치와 핀잔도 감내해야 했다. 물론 그걸 나은에게 티를 내진 않았다. 공연이 끝나고 피자도 내가 샀다. 나은은 무척 고마워하며 말했다.

"오늘 풀 서비스 완전 고마워. 네 생일은 내가 두 배로 멋지게 챙겨 줄게. 우리 강릉 갈까?"

가슴이 두근거렸다. 베프와 기차를 타고 동해에 가는 건 내 오랜 로망이었다.

"강릉? 완전 좋지."

"좋아, 내가 기차표도 예매하고 회도 사 줄게. 벌써 신난다. 그 땐 수시도 끝났을 테니까 더 마음 편히 놀 수 있겠지? 혹시 우리 중에 누가 수시 떨어져도 무조건 가는 거야, 알았지?"

"당연하지!"

그때 우리가 나눴던 대화는 뭐였을까. 나은은 기억이나 하고 있을까?

나은은 십 대의 마지막 생일을 특별하게 보내고 싶다고 했다. 나은이 했던 말을 나도 똑같이 한 것뿐이다. 같은 말에 나는 무리해서 선물을 준비했고, 나은은 내게 화를 냈다. 도대체 나는 나은에게 뭘까?

마음만큼 손이 시려 주머니에 손을 찔러 넣었다. 손끝에 분실물 함에서 가져온 키 링이 닿았다.

참 괜찮은 너에게, JH.

꺼내 보지 않아도 키 링 문구는 이미 머릿속에 새겨져 있었다.

참 괜찮다는 말이 처음에는 별 뜻 없어 보였다. 그러나 지금은 굉장한 찬사로 느껴진다. 다른 말도 아닌 참 괜찮은 너라는 표현을 선물에 새겼다는 건, 그 사람을 오래 지켜봤다는 의미일 터였다. 잠깐의 호감이 아닌 듯한 느낌이랄까. 누구인지 모를 '너'라는 사람이 부러워졌다.

그때 문득 김지후에게 답장을 보내지 않았다는 게 떠올랐다. 답을 뭐라고 보내야 할지 조심스러워 망설이다가 깜빡 잊고 만 것이다. 1이 사라진 걸 봤을 텐데……. 휴대폰을 켜고 액정을 조심스레 눌렀다.

[매산중 3학년 2반 김지후?]

기다렸다는 듯 답이 왔다.

[응, 맞아. 잘 지냈어?]
[어, 그럭저럭.]
[나도 그럭저럭. 삼 년 전 우리 약속 기억해? 생일 파티 같이하기로 했잖아.]
[어, 기억나는 것 같아.]
[31일 다섯 시, 어때? 시간 괜찮아?]

그 뒤로는 답을 하지 못했다. 좋다고 하기도, 싫다고 하기도 그랬다. 어떻게 변했나 궁금한데 프사도 없었다. 나쁘지는 않았던 애로 기억하지만, 지금 어떨지는 모를 일이다.

휴대폰만 뚫어지게 바라보는데 옆에 누군가가 앉았다. 옆 반 회장이었다.

"추운데 왜 혼자 청승 떨고 있냐."

"아, 입맛이 없어서."

"아닌 것 같은데."

"응?"

"무슨 일 있는 것 같은데? 말할 사람 없으면 나한테 해도 돼. 농구 한 판 째지, 뭐."

잘 알지도 못하는 애가 하는 말에 일일이 대꾸할 필요는 없다. 그런데 왜일까. 억울해서 안 하던 짓을 하고팠던 건지 나는 어느새 아침부터 겪은 일을 하나하나 찬찬히 읊고 있었다. 회장은 고개를 끄덕이며 듣다가 물었다.

"그래서 답장은 뭐라고 보냈어?"

"아직 못 보냈어. 뭐라고 해야 할지 모르겠어서."

"간다고 해."

"뭐?"

"약속했다며. 약속은 지켜야지. 너 되게 보고 싶어 하는 것 같은데. 너 좋아한 거 아냐?"

"설마. 그건 아닐 것 같아."

"왜 아니라고 생각해? 너 꽤 괜찮은 애야."

나를 알면 얼마나 안다고 이런 말을 하나 싶어 빤히 바라보자, 회장이 또다시 말했다.

"내가 같이 가 줄까? 재밌을 것 같기도 하고, 시간도 남아돌고.

갑자기 시간이 넘쳐 나니까 뭘 어떻게 해야 할지 모를 지경이야.
넌 안 그래?"

"너 수시 붙었어?"

"아니."

나는 멍하니 옆 반 회장의 얼굴을 바라보다가 피식 웃었다. 참
명랑한 아이구나, 싶었다. 덕분에 축축했던 기분이 보송보송해지
는 것 같았다.

청소년 시절의 마지막 날에 무얼 하면 좋을까 종종 생각했었
다. 삼 년 만에 연락 온 동창과의 희미한 약속 지키기도 나쁘지 않
을 것 같았다.

나는 김지후에게 31일 다섯 시에 만나자고 톡을 보냈다. 그리
고 옆 반 회장에게 얘기 들어 줘서 고맙다고 말했다. 회장이 웃으
며 고개를 끄덕였다.

"그런데 너 웬일로 교복 치마 입었어? 맨날 체육복만 입고 다니
잖아."

"아까 농구하다 체육복 찢어져서. 하필 '거기'가."

회장의 말이 너무 웃겨 나도 모르게 소리 내어 웃고 말았다. 그
런데 문득 이 애의 이름조차 모른다는 생각이 들었다.

"그나저나 너 이름이 뭐야?"

"김준희."

"나는 송지나."

"알아."

안다고? 내 이름을 어떻게 아는 걸까 의아했다. 그리고 회장의
이니셜도 JH라는 데 생각이 잠깐 닿았다.

다음 날도, 그다음 날도 키 링에 새겨진 말이 머릿속에서 떠나
지 않았다. 그리고 나은은 계속 나에게 말을 걸지 않았다. 몇 번이
나 말을 붙이고 싶었지만, 좀처럼 적당한 순간이 오지 않았다.

그런데 30일인 오늘, 학교에 오자마자 그동안 아무 일도 없었
다는 듯 나은이 말을 걸어왔다. 마치 지난 며칠을 잘라먹은 것 같
았다. 너무 아무렇지 않게 굴어서 오히려 내가 말을 조금 더듬었
을 정도였다.

이상하게 눈물이 나려고 했다. 그동안 힘들고 외로웠던 건지,
다시 말을 걸어 준 나은이 너무나 고마웠다. 나에겐 이런 게 필요
했던 것 같다. 재치 있는 친구와 나누는 즐거운 대화, 함께 매점에
같이 갈 누군가, 나도 절친이 있다는 안도감 같은 것들이. 고등학
교 생활이 얼마 남지 않았는데도 아직도 이런 게 중요한 내가 어
린애같이 느껴졌다.

그런데 실제로 눈물을 보인 건 나은이었다. 자존심 센 나은이
자신의 속얘기를 털어놓았다. 수시에 전부 떨어져 얼마나 힘들었
는지, 위로는커녕 질책만 하는 부모님과의 갈등으로 지금까지 얼
마나 괴로웠는지를.

꼭 죄인이 된 기분이었다. 나은이 이렇게 힘들었는데 나는 생일 타령이나 하고, 내 합격을 축하해 주지 않는다고 섭섭해하기만 했다. 나은의 손을 꼭 잡으며 생각했다. 나은 말대로 나는 이기적인 구석이 있는 게 맞다고.

오랜만에 안온한 하루를 보낸 뒤, 하굣길에서 헤어지기 전에 나은이 물었다.

"지나야, 너 내일 시간 있지?"

"어? 몇 시에?"

"내일 나랑 어디 좀 같이 가자. 방학식이라 학교 일찍 끝나니까 집에 갔다가 네 시 반에 지하철역 앞에서 만나."

가슴이 두근거렸다. 나은이 무얼 준비했는지 알 듯했다. 내 생일 파티가 틀림없다. 내게 미안한 마음에 준비했을 거라는 추측이 강하게 밀려왔다. 하지만 지후와의 선약과 시간이 겹친다. 나는 조금 머뭇거리며 말했다.

"시간을 좀 바꾸면 안 될까?"

"안 돼. 내가 다섯 시까지 어디 가려고 예약했거든. 어렵게 예약한 거야."

잠시 고민했다. 그러나 곧 삼 년간 존재도 잊고 산 중학교 동창과 스치듯 한 약속보다는 삼 년 내내 함께한 친구가 더 소중하다는 결론에 이르렀다. 나은을 실망시킬 수는 없었다. 빠르게 마음을 굳히고 대답했다.

"알겠어. 그때 만나."

"내일 기대해. 끝나고 맛있는 거 사 줄게."

나는 휴대폰을 꺼내 미안하지만 일이 생겨 못 만날 것 같다고 지후에게 톡을 보냈다. 지후에게선 꽤 시간이 흐르고 나서야 답이 왔다.

[난 괜찮아. 너에게 좋은 일이면 좋겠다.]

미안한 마음이 스멀스멀 밀려왔다.

12월 31일, 올해의 마지막 날이자 내 생일 아침이 밝았다. 설렘 때문인지 저절로 눈이 떠졌다.

시간은 빠르게 흘렀다. 오후에 지하철역에서 나은을 만났다. 나은은 나를 향해 팔을 크게 휘두르며 웃었다. 빠른 걸음으로 다가가자, 나은이 다가와 내게 팔짱을 꼭 꼈다.

"어디 가는데?"

"가 보면 알아."

어떤 서프라이즈를 준비한 걸까. 궁금하고 설레서 마음이 간질간질했다.

지하철을 타고 도착한 곳은 대치동이었다. 생일 파티를 하기에는 뭔가 어울리지 않는 곳이라는 생각이 들었다.

"여긴 왜 온 거야?"

나은이 주위를 둘러보더니 아는 사람도 없는데 내 귀를 자기 가까이로 끌어당기며 말했다.

"너한테만 말하는 건데, 오늘 줄리엣 샘 정시 컨설팅 예약한 날이거든. 엄마가 몇 달 전에 어렵게 예약했다는데 엄마랑 오고 싶지는 않았어. 말했듯이 요즘 우리 냉전 중이라서. 수시 다 떨어졌다고 엄마가 나 사람 취급도 안 해. 그럴 거면서 정시 컨설팅은 왜 예약한 거래? 엄마도 내가 떨어질 수도 있다고 생각한 거잖아. 그래놓고 왜 나한테만 뭐라고 하냐고. 누군 떨어지고 싶어서 떨어졌나."

나은이 한숨을 쉬었다. 그다음부터 나은을 따라가는 내내 머릿속이 진흙처럼 뒤엉켰다.

컨설팅받는 곳에 도착하고 카운터에서 예약자 이름을 확인한 뒤, 우리 둘은 나란히 복도에 놓인 긴 의자에 앉았다. 나은은 줄리엣 샘이 얼마나 컨설팅을 잘하는지, 얼마나 기가 막히게 커트라인에 가까운 대학을 골라 주는지 모른다며 사례를 줄줄이 읊었다. 그러나 나는 아무런 호응도 할 수 없었다.

잠시 후 방 안에서 어떤 여자가 나오더니 나은의 이름을 불렀다. 나은이 내 귀에 속삭였다.

"너랑 같이 듣기엔 내 개인 정보가 너무 많아서 말이야. 여기서 기다려. 끝나고 맛있는 거 사 줄게. 삼십 분쯤 걸릴 거야."

나은은 내게 미소를 지어 보이고 방으로 들어갔다.

의자에 오도카니 앉아 생각하고 또 생각했다. 나는 나은에게 무엇일까, 하고.

키 링 문구가 떠올랐다.

참 괜찮은 너에게,

참 괜찮은 너에게,

참 괜찮은 너에게…….

그제야 내가 느낀 감정이 뭔지 확실히 알았다. 나은은 나를 소중하게 생각하지 않는다. 진심으로 대하지 않는다. 오랜 시간을 함께했지만, 나를 지켜보지는 않았다.

그리고 나는 그걸 알면서도 혼자가 두려워서 모른 척했다. 하지만 의미 없는 둘은 혼자보다 더 외롭다. 지금 이 순간처럼.

그때 카톡 알림이 울렸다. 준희였다.

[친구는 잘 만났어? 키 링은 어때? 사실 그거, 내가 고른 생일 선물이야. 마음에 들어? 어쩐지 좀 쑥스러워서 이상한 방식으로 주고 말았네.]

깜짝 놀랐다. 준희가 내 생일을 어떻게 안 걸까?

[아직 못 만났나 보네. 너는 나를 잘 몰랐겠지만, 나는 너를 잘 알아. 이유는 곧 알게 될 거야. 생일 축하해.]

어떻게 내 생일이 오늘이란 걸 알았냐는 물음에 개구진 이모지와 함께 도착한 준희의 답장이었다.

나는 키 링을 꺼내 들었다. 테디 베어는 여전히 귀여웠다. 잠시 테디 베어를 바라보다가, 휴대폰을 꺼내 나은을 차단했다. 그리고 지후에게 메시지를 보냈다. 일정이 취소되었는데 지금이라도 나와 줄 수 있냐고.

곧바로 가겠다는 답장이 왔다. 지후가 보낸 메시지의 글자들이 기뻐서 춤을 추는 듯 보였다. 자리에서 벌떡 일어나 지후를 만나기로 약속한 곳으로 발걸음을 옮겼다.

추운 날씨에도 불구하고, 한 해의 마지막 날답게 거리에는 사람이 넘쳐 났다. 나만 빼고 모두 누군가와 함께였다. 그렇지만 나은을 두고 온 게 후회되지는 않았다.

발걸음이 점점 빨라졌다.

거의 삼십 분 늦게 약속 장소에 도착했다. 늦을 것 같다고, 정말 미안하다고 메시지를 보내긴 했지만, 지후가 가 버렸대도 할 말은 없었다.

광장에 도착해 주위를 둘러보았다. 지후의 지금 모습도 모르면서 지후로 보이는 애를 찾았다. 그러다 전화를 꺼내 통화 버튼을 눌렀다. 잠시 후, 저 앞에 서 있는 베이지색 패딩을 입은 키 큰 남학생이 휴대폰을 드는 게 보였다. 설마? 설마…….

"여보세요?"

"나야, 송지나."

"왔어?"

"응, 너 어디야?"

"잠시만. 나 베이지색 패딩 입고 있거든?"

고개를 돌린 그 키 큰 남학생과 눈이 마주쳤다. 놀라웠다. 훌쩍 자라 있었지만, 김지후가 분명했다. 한눈에 알아볼 수 있으면서 동시에 전혀 다른 사람 같기도 했다. 삼 년이란 시간은 자그마하고 소심했던 남자애를 참 근사하게 바꾸어 놓았다. 지후가 휴대폰을 내리며 미소 띤 얼굴로 내게 다가왔다.

"지나야, 나와 줘서 고마워. 반갑다. 그대로네."

생경한 반가움이 담긴 짧은 대답이 긴장한 내 입에서 조용히 흘러나왔다.

"너도 그대로다."

우리는 서로 마주 보며 웃기만 했다.

어색함이 조금 가시자 내내 궁금했던 걸 물었다.

"졸업식 날 네가 나한테 내가 꼭 다시 만날 사람이라고, 모서리 맞은편에 선 애가 아마도 나인 것 같다고 했잖아. 그거 무슨 뜻이었어?"

지후가 설핏 웃으며 대답했다.

"네가 나한테 포춘쿠키 줬잖아. 거기 그렇게 쓰여 있었어."

"내가 너한테 그런 걸 줬다고?"

전혀 기억에 없는 일이었다. 지후가 그때 일을 다시 들려주었다. 중3 12월 31일에, 내가 지후에게 생일 선물이라며 포춘쿠키를 주었다고 했다. 포춘쿠키 안에는 이런 메시지가 들어 있었다고 했다.

당신의 모서리 맞은편에 선 사람을 당신은 꼭 다시 만날 것입니다.

헛웃음이 나왔다. 급식으로 나온 포춘쿠키를 그때의 나는 왜 지후에게 주었을까. 나처럼 경계의 날에 태어난 지후에게 뭐라도 주고 싶었던 걸까.

"너, 내가 너 좋아했던 거 모르지?"

지후의 말에 깜짝 놀라 고개를 들었다. 누군가가 내게 좋아한다고 말한 건 태어나 처음이었다. 지후가 나를 좋아했다니, 설마 했지만, 아닐 거라 생각했는데.

"나를, 대체 왜?"

"왜라니, 너 괜찮은 애잖아."

나는 지후를 빤히 바라보았다. 지후의 눈이 아이처럼 맑다는 생각이 들었다.

지후가 조심스럽게 다시 말을 이었다.

"진짜야. 내가 보기엔 넌 정말 그래. 그런 네게 어울리는 사람이 되려고, 더 나은 내가 되기 위해 노력했어. 오늘처럼 다시 만났을 때 너에게 부끄럽지 않으려고."

우리는 잠시 아무 말 없이 서로를 바라보았다. 오가는 사람들 사이에서 지후가 나에게만 집중하는 게 느껴졌다. 지후의 말에는 꾸밈이 없었다. 내게 뭔가를 바라지도 않았다. 참 괜찮은 너에게 라는 말처럼, 나를 있는 그대로 보고 있다는 느낌이 들었다.

겨울은 낮이 짧아 다행이었다. 한낮이었다면 붉어진 얼굴을 들 켰을 테니까. 그러고 보니 낮과 밤을 가르는 경계의 시간도 나쁘 지만은 않았다.

"중학교 다니는 내내 널 좋아했어. 눈에 띄지 않는 애들을 조용 히 챙겨 주는 모습이 참 멋지더라. 하지만 말할 수가 없었어. 그때 나 알잖아. 자신이 없었거든. 그래서 삼 년 동안 진짜 열심히 공부 했어. 너 열심히 공부한다는 소식 들을 때마다 더 열심히 해야겠 다고 생각했고. 그러니까 다시 만나자고 한 건, 포춘쿠키에 적힌 말 때문에 그런 것만은 아니야. 네가 보고 싶었어."

내 소식을 들었다고? 내가 의아해하는 걸 눈치 챈 듯 지후가 바 로 말했다.

"너희 학교 김준희 알아? 내 친구야. 준희한테 부탁해서 네 소 식 종종 들었지."

문득 이런 생각이 들었다. 이제는 나를 소중히 여기는 친구를 만나야겠다, 누군가가 나를 떠날까 전전긍긍하지도 않아야겠다,

하는 생각.

"참, 내가 준 책은 읽었어?『호밀밭의 파수꾼』."

"아니, 아직……."

"한번 읽어 봐. 주인공이 나 같아서, 힘들 때 힘이 되어 준 책이 야."

진작 읽어 볼 걸 그랬다. 그러면 내가 모서리에 섰을 때마다 파수꾼이 나타났을지도 모르는데.

하지만 그 대신 12월 31일 오늘, 경계의 날에 태어난 내게 마법처럼 새로운 친구가, 그것도 둘이나 나타났다. 친구였던 한 사람을 떠나보내자마자 말이다. 가장자리를 맴도는 인생도, 경계의 시간도 두려워할 필요 없다는 것. 이것이 십 대의 마지막 날 내가 알게 된 것이었다.

지후와 나는 몇 년간 쌓인 이야기를 나누며 조명이 별처럼 반짝이는 한겨울의 광장을 가로질렀다. 광장 너머 어딘가 그리고 다가오는 새해에는 분명 멋진 일이 펼쳐질 것만 같았다.

아니, 어쩌면 벌써.

작가의 말

겨울을 좋아합니다. 막상 겨울이 되면 추위에 떨면서도 봄, 여름, 가을 내내 겨울을 그리워해요.

어쩌면 진짜로 겨울을 좋아한다기보다 겨울의 이미지를 좋아하는 건지도 모르겠어요. 따뜻한 코트, 포근한 이불 속, 귤 까먹으며 보는 영화, 눈, 거리에 울려 퍼지는 캐럴 그리고 새해, 입학 같은 새로운 시작을요.

청소년기의 마지막 날은 다른 해의 마지막 날보다 어쩐지 더 특별하게 다가오죠. 그래서 이 글을 쓰게 되었을 때, 저의 고3 끝 무렵을 오랜만에 다시 추억했답니다.

십 대, 이십 대 때는 타인의 평가에 민감했어요. 다른 사람의 말 한마디나 눈빛에 결정을 바꾸기도 했죠.

그러나 살면서 여러 사람을 만나고 많은 일을 겪으며 중요한 건 나 자신이라는 걸 깨닫게 되었어요. 진짜 친구와 친구인 척하는 사람도 가릴 줄 알게 되었고요.

어릴 때는 슬픈 일을 겪었을 때 위로해 주는 사람이 친구인 줄 알았어요. 하지만 아니더라고요. 진짜 친구는 기쁜 일을 함께 기뻐해 주는 사람이에요. 가족처럼요. 물론 사람 사이에 일방통행은 없기에, 저도 같은 마음일 때 서로 진짜 친구가 될 수 있었죠.

시절 인연이 끝나갈 때는 누구나 마음이 스산해집니다. 그렇지만 걱정하지 마세요. 새로운 인연이 그 자리를 채워 줄 거예요. 때로는 소원해졌던 친구와 오해를 풀고 다시 가까워지기도 하고요.

중요한 건 자신을 소중히 여기는 마음, 타인에게 휘둘리지 않는 자존감, 진짜 친구를 가릴 줄 아는 안목이에요.

잊지 마세요. 세상에서 가장 소중한 건 참 괜찮은 사람, 바로 당신이란 것을요.

여러분의 빛나는 내일을 응원합니다.

문이소

쌀식빵으로 할 수 있는

열세 가지 모험

문 이 소

2017년 『마지막 히치하이커』로 제4회 한낙원과학소설상을 받으면서 작품 활동을 시작했다. 『우주의 집』 『마구 눌러 새로고침』 『태초에 외계인이 지구를 평평하게 창조하였으니』 등 여러 앤솔러지에 참여했고 단편집 『내 정체는 국가 기밀, 모쪼록 비밀』 경장편 소설 『다꾸의 날』을 펴냈다.

고2 고민아의 6월 모의고사 성적표를 보고 엄마 아빠가 말했다.

열심히 한다고 다 잘되는 건 아니더라. 그러니까 넌 네가 하고 싶은 거 하면서 살아. 하고 싶은 걸 하면 힘들어도 버틸 수 있거든. 하는 동안 즐거우면, 나중에 잘 안 풀려도 나쁘지 않아. 이미 인생을 즐기는 사람이 되었기 때문에 뭘 해도 행복하게 살더라고.

딱히 하고 싶은 게 없었던 민아는 마음이 더 무거워졌다. 여행 유튜브를 보면서 어른이 되면 여기저기 실컷 여행 다녀야지, 생각한 적은 있었는데…….

민아는 학교에서도 학원에서도, 잘 때도 깨어 있을 때도 계속 고민했다. 난 뭘 하고 싶지?

그날도 골똘히 생각에 잠겨 길을 걷고 있었다. 그때였다. 바람이 휭 불자 사방에서 빵 굽는 냄새가 진동했다. 시장 골목 입구에 있는 빵집에서 나는 냄새였다. 빵 나오는 시간마다 사람들이 줄 서는 유명한 곳이었다.

민아는 빵집 벽에 서서 두 시간 동안 빵 굽는 냄새를 맡았다. 빵을 사 가는 사람들의 표정도 봤다. 빵 냄새만큼 사람들의 미소가 좋았다.

빵 만드는 거, 나도 한번 해 볼까.

민아에게 처음으로 꿈 비슷한 게 생겼다.

가을에 제과 제빵 직업 훈련 위탁 과정생 모집 공고가 떴고 민아는 바로 지원했다. 그리고 다음 해, 고3 3월부터 제빵인의 길을 걸었다.

순탄치는 않았다.

베이킹 실습 시간, 오븐에서 막 꺼낸 쌀식빵 냄새가 진동했다.

몇몇 학생들은 김이 모락모락 나는 쌀식빵을 뜯어 먹었고 다른 몇몇은 빵 사진을 찍었다. 민아는 이제 겨우 오븐에서 쌀식빵을 꺼냈다. 오늘도 꼴찌였다. 재료를 계량하면서 시간을 너무 많이 쓴 데다 정형이 서툴렀기 때문이다.

현지 패거리가 민아 옆에서 키득거렸다. 그 애들은 평소에는 민아와 상종도 하지 않으면서, 평가 시간만 되면 우르르 몰려와 민아의 신경을 긁었다.

가르치는 것보다 망신 주기를 더 잘하는 선생님이 튀어나온 식빵 옆통수를 쿡쿡 찌르며 말했다.

"정형이 늘질 않네. 이게 뭐가 어렵다고. 모양이 이러면 감점이야. 다음에는 반죽 분할할 때 과감하게 툭툭 잘라. 툭……툭?"

툭, 투둑, 투두두둑.

실습실 천장 여기저기에서 까만 물방울이 떨어졌다.

뭐야, 구정물이야?

액괴 같은데…… 움직인다!

웅성거리는 애들 사이로 검은 액괴들이 꾸물꾸물 움직여 모이더니 한 덩어리가 되었다. 바람 빠진 짐 볼 모양이 된 액괴는 공중으로 둥실 떠올랐다. 그러더니 보자기처럼 몸을 쫙 펼쳐 선생님을 포옥 감쌌다.

액괴가 울룩불룩 움직이자 선생님이 걸치고 있던 옷가지와 반지, 목걸이, 크록스가 후두둑 떨어졌다. 선생님은 온데간데없이 사라졌다. 액괴는 비명을 지르며 실습실 뒷문으로 뛰어가던 현지 패거리도 꽁꽁 감쌌다. 곧 바닥에 실내화와 실습복과 휴대폰이 떨어져 수북하게 쌓였다.

다른 애들은 도망도 안 가고 멍하니 서 있었다. 민아도 그랬다. 도무지 현실감이 없었다.

둥둥둥. 액괴가 코앞으로 날아오자 민아는 엉겁결에 옆에 있던 쌀식빵을 던졌다. 하나, 둘, 셋, 넷. 자기가 만든 빵을 다 던지고 다른 애들 빵도 던졌다.

쌀식빵 일흔 개를 삼키자 액괴는 완전한 구체가 되었고 더는 사람에게 달려들지 않았다. 공중에 뜬 상태로 민아를 졸졸 따라 학원 밖으로 나오더니 어느 순간 사라졌다. 민아는 자기를 피해 도망가는 아이들을 멍하니 바라봤다. 너무 어지러워서 눕고 싶었다.

학교로 모여든 경찰차와 구급차 사이로 검은 수트를 입은 사람들이 달려와 쓰러지는 민아를 받아 안았다. 그들은 민아를 검은 세단에 태우고는 어딘가로 떠났다.

여긴 어디지.

끔벅끔벅. 민아는 휠체어에 앉은 채로 방을 둘러봤다. 넓고 밝고 쾌적했지만 창문이 없었다. 벽 하나를 꽉 채운 수십 개의 모니터, 매우 큰 책상과 의자를 꽉 메우고 있는 나이 지긋한 어른들이 보였다. 그중 제복을 입은 몇몇이 민아에게 말했다.

"고미나 학생, 정신이 드나? 잘 듣게. 오늘 전국 아홉 곳에서 미확인 외계 생명체가 나타났네. 아까 학교에 나타났던 액체 괴물 같은 것은 아홉 번째 외계 생명체 K-9이네. 앞으로 고미나 학생이 맡아야 하네."

"에, 지금은 국가적 위기 상황이에요. 다른 외계 생명체들도 먹을 걸 준 사람들이 케어하기로 했어요. 그러니까, 에, 고미나 학생도 더 묻지 말고 지금부터 K-9을 케어하도록 해요."

"외계 생명체에 관한 모든 정보는 우리가 관리할 거야. 학생도 철저히 비밀 지켜야 해. 학생, 듣고 있어? 유 팀장, 확인해 봐."

유 팀장이라고 불린 언니가 민아 옆에 쪼그려 앉아 눈을 맞췄다. 괜찮니? 언니가 걱정스레 말했다.

언니는 얼굴이 무척 작았다. 아까 실습실에서 액괴에게 먹힌 현지만큼 작았다. 현지가 빌려 가서 돌려주지 않은 립밤이랑 핸드크림이 몇 개더라. 그 패거리 때문에 새로 산 온도계와 주걱 세트는 또 몇 개인지. 다신 새로 살 일 없을 거다. 민아는 휠체어에서 일어섰다.

"저 미나 아니고 민아예요. 화할 민, 맑을 아. 온화하고 맑은 사람, 고민아."

— 온화하. 고 말근. 고민 아. 안녕.

돌연 방에 있는 모든 이의 머릿속에 자막처럼 글자가 떠올랐다. 책상 위의 공간이 아지랑이가 핀 것처럼 일렁이며 아까 그 액괴가 나타났다.

— 아까. 준거. 또 주 새여.

"아까 준 거? 쌀식빵 말하는 거야……?"

액괴가 다시 말하자 방 안에 있던 사람들은 완전히 공황에 빠졌다. 민아가 외쳤다.

"지, 지금 없어요! 여기선 못 만들고…… 그니까, 빵, 빵집! 빵집에 가면 있어요."

— 지금 몬. 만드러여. 빵집 가. 요.

탕, 타당!

밖에 있던 사람들 중 몇 명이 방으로 뛰어들어 액괴에게 총을 쐈다. 총알은 액괴의 몸에 동심원을 그리며 들어갔다가 튀어나와 정확히 총을 쏜 사람들에게 박혔다.

액괴는 일곱 덩어리로 나뉘어져 그들을 포옥 감쌌다. 바닥으로 총, 옷, 신발이 후두둑 떨어졌다. 다시 한 덩어리가 된 액괴가 몸을 부르르 떨었다.

— 넘후 맛 엄써. 쌀식 빵. 주새 여.

"알았어, 알았다고! 빵 공장 만들어 줄 테니까 이제 그만해!"

주저앉아 소변을 지리던 나이 지긋한 어른이 외쳤다.

K-9은 쌀식빵이 제공되는 한 사람은 안 먹겠다고 했다. 강릉, 경주, 부산, 서울 등지에서 출현한 K-1부터 K-8까지 여덟 액괴들도 원하는 식량을 제공받는 대신 사람을 해치지 않기로 했다.

다음 날, 민아는 대 우주 안보 위원회에 '미확인 외계 생명체 K-9 전담 요원'으로 채용되어 여의도 한강 공원 근처 제빵소로 발령받았다.

*

민아는 보안상의 이유로 학교에 다니지 않게 되었다. 거처도 제빵소로 아예 옮겼다. 부모님께는 공기업의 제빵 사업소에 취업해 기숙사에서 생활한다고 하고, 주말에만 잠깐 집에 들렀다.

실제로 민아는 대 우주 안보 위원회 산하 우주 식품 공사 제빵 사업부에 속해 있긴 했다. 우주 식품 공사에는 제빵 사업부 외에도 떡볶이 사업부, 김밥 사업부, 붕어빵 사업부 등이 있다고 유 팀장 언니가 민아에게 넌지시 알려 줬다. 언니는 민아의 보호자 자격으로 제빵소에서 함께 지냈다. 민아는 언니를 무척 든든하게 여겼다.

제빵소는 여의도 한강 공원 외진 곳에 있는 5층짜리 주상 복합 건물 1층에 있었다. 건물의 나머지 층은 풀 옵션 오피스텔이다. 지금까지 엘리베이터 없는 13평 구옥 빌라 5층에서 살았던 민아는 엘리베이터가 있는 건물의 주인이 된 기분을 만끽하며 밤마다 다른 방에서 잤다.

K-9은 약속대로 사람 고기는 끊고 쌀식빵만 먹었다. 민아는 부지런히 빵을 구웠지만, 실력이 빨리 늘진 않았다. 다행히 K-9은 탄 빵도 설익은 빵도 군말 없이 싹싹 다 먹었다. 한 끼에 열세 덩이씩 하루 다섯 번을 먹었다.

왜 꼭 열세 덩이씩 먹는 걸까? 민아가 슬며시 물어봤다.

— 우린 우주. 를 열세 구역 으 로 보 거덩. 열셋 은 모든 거슬 뜨태. 아름답 고 조은거야.

민아는 그런 뜻이라면 열세 덩이씩 열세 번 먹는 게 더 좋지 않느냐고 물으려다 입을 꾹 닫았다. 유 팀장 언니가 거들어 준다고 해도 그만큼의 양을 매일 굽는 건 말도 안 됐다. 지금도 힘에 부치는데 말이다.

K-9은 그런 민아의 노고를 아는 듯 빵을 먹고 나면 꼭 잘 먹었다고, 고맙다고 인사했다. 그래도 둘은 서로 데면데면했다.

K-9은 자기만의 일정이 있는 듯 종일 어딘가로 사라졌다가 오븐에서 빵이 나올 때 나타났다. 하지만 밤에는 늘 민아 곁을 지켰다. '그 사건' 이후로 쭉 그랬다.

어디로 들어왔는지 4층에 덩치 큰 괴한이 숨어 있었다. 민아가 403호에 들어가려는데 괴한이 민아의 뒷덜미를 확 잡아 넘어뜨렸다. 그런데 괴한이 미처 생각지 못한 게 있었다. 민아는 10킬로그램짜리 밀가루 포대를 한 번에 두 개씩 번쩍번쩍 들어 나르는 제빵인이다.

민아는 온 힘을 다해 괴한의 오른쪽 발목을 붙잡아 끌어당겼다. 쾅다당! 괴한이 엄청난 소리를 내며 나자빠졌다. 1층에서 한가롭게 쌀식빵을 먹던 K-9이 그 소리를 듣자마자 민아 곁에 나타났다.

유 팀장 언니가 현장에 도착했을 때는 괴한의 피에 젖은 옷가지와 뼈다귀 몇 개, 머리털 뭉치만 굴러다녔다. 언니는 회사의 청소 팀을 불러 괴한의 흔적을 깔끔하게 치웠다.

청소는 빨리 끝났지만 여기저기 연락하고 보고하느라 언니는 계속 바빴다. 혼자 멍하니 앉아 있는 민아에게 K-9이 물었다.

— 온화하 고. 말근고 민아 갠 찬니.

민아는 처음으로 K-9을 똑바로 보았다. 축구공만 한 검은 K-9. K-9은 민아와 같이 지내면서부터 항상 그 크기로 있었다. 너무 작아서 민아가 못 보지 않게, 너무 커서 민아가 무섭지 않게.

"넌 얼굴이 없어서 어딜 보고 말해야 할지 모르겠더라."

— 어디 를 향해 말 해도 갠찮아. 나 잘 들려.

"풉, 알았어. 근데 맨날 쌀식빵만 먹으면 지겹지 않니? 내일은 쌀케이크 해 줄까, 케이구?"

그때부터 K-9은 '케이구'가 되었다. 케이구는 쌀케이크도 아주 좋아했다. 사실 민아가 만들어 주는 모든 빵을 다 좋아했다.

민아는 유튜브로 빵 공부를 하기 시작했다. 세상의 모든 빵을 만들어 볼 기세로 보고 또 보고, 실험하고 실패하고 성공했다. 실력은 느리지만 착실하게 나아졌다. 그동안 케이구는 드라마를 보며 한국어를 공부했고, 얼마 지나지 않아 OTT상에 존재하는 모든 언어를 섭렵했다.

"케이구, 넌 어디가 머리야?"

— 머리는 지구인이나 있는 것. 우리는 그런 거 없다네.

한국의 고전 사극 드라마에 심취한 케이구는 꼭 예스럽게 말했다. 그때마다 민아는 킬킬대며 웃었는데, 케이구는 그 웃음소리를 퍽 좋아했다.

"머리가 없는데 어떻게 그렇게 머리가 좋아?"

— 우주를 주유하며 다양한 환경에서 생존하려면 다방면으로 탁월해야 한다네.

"주유한다니, 진짜로 우주를 막 돌아다니는 거야? 우주선은 어딨는데?"

— 나와 다른 나들은 여러 층위의 공간을 사용하기 때문에 우주선이 필요치 않네. 우린 이미 이 우주의 13분의 1을 주유했지. 헌데 그 어디에도 쌀식빵처럼 완벽한 식량은 없었네. 내 보장함세. 자네 쌀식빵은 우주 최강이야.

"진짜!? 그럼 나 빵으로 우주 진출하는 거야?"

— 정복도 가능하지. 그대가 원한다면 내 성심성의껏 돕겠네.

겨울이 되었을 때, 민아는 쌀가루의 모험 시리즈를 완성했다.

쌀머핀, 쌀당근케이크, 쌀마들렌, 쌀브라우니, 쌀카스텔라, 쌀스콘, 쌀롤케이크, 쌀파운드케이크, 쌀술빵 등 열세 가지 쌀빵은 맛도 모양도 훌륭했다. 민아보다도 케이구가 더 좋아했다. 우주 방방곡곡에 자랑해야 한다며 호들갑을 떨었다.

그럴까? 민아도 훌쩍 성장한 제빵 실력을 자랑하고 싶었다.

민아는 제빵소 SNS 계정을 만들어 빵 사진을 올렸다. 그런데 득달같이 회사에서 연락이 왔다. 당장 계정을 삭제하라는 거였다.

유 팀장, K-9과 관련된 모든 게 극비인 거 몰라서 이래? 한 번만 더 이따위로 굴어 봐, 바로 아웃이야! 언니의 상사 목소리가 휴대폰에서 쩌렁쩌렁 울렸다. 언니가 담담하게 말했다.

"민아는 아직 고등학생입니다. 집도 학교도 다 포기하고 조국에 헌신하는데 SNS는 하……!"

휴대폰에서 다채로운 육두문자가 쏟아졌다. 언니는 그 욕설을 가만히 다 듣고 나서 전화를 끊었다. 민아는 언니를 더 곤란하게 만들고 싶지 않아서 계정을 삭제하려고 했다. 그때, 쪽지가 하나 날아왔다.

[안녕, 난 세븐과 함께하는 붕어빵^^ 김밥, 떡볶이, 만두와 친구야. 쌀식빵도 함께하면 좋겠어. 회사에는 비밀!]

"뭐야, 이건."

민아가 쪽지를 삭제하려고 하는데 언니가 민아의 어깨를 툭 쳤다. 민아가 쳐다보니 언니는 크허어어엄! 하고 내장을 토할 듯 헛기침을 했다.

"요샌 휴대폰을 보면 눈이 시리고 글자가 막 어른거리네."

그러면서 자꾸만 눈을 찡긋거렸다.

언니, 눈에 뭐 들어갔어요? 민아가 물었지만 언니는 딴소리만 했다. 오늘부터는 쌀가루를 직접 보고 사야겠다는 둥, 마트에 가서 신선한 레몬을 사 와야겠다는 둥 부산을 떨며 밖으로 나갔다. 인터넷으로 시켜도 되는데 왜 저러지? 민아는 갸우뚱했다.

쌀식빵으로 할 수 있는 열세 가지 모험 89

— 쯧쯧. 민아, 언니는 서둘러 붕어빵에게 답장을 보내라고 나
간 거라네.

"스팸 쪽지에 왜 답장을 보내?"

— 붕어빵, 김밥, 떡볶이, 만두는 다른 나들과 지내고 있는 자들
이네. 민아와 같은 요원이지.

"뭐어?"

— 언니는 자네가 다른 요원들과 접촉하면 회사에 보고해야
해. 그래서 모르는 척하려고 자리를 뜬 거지. 어서 쪽지를 보내게.

민아는 붕어빵에게 답장을 보냈다.

[쌀식빵도 함께!]

전송 버튼을 누르자마자 상대방이 채팅방 링크와 비번을 보냈
다. 접속하니 채팅방 이름이 떴다. 케이분식. 비밀 채팅방이었다.

*** 쌀식빵 님이(가) 입장하셨습니다. ***

만두_팔이> 오오, 왔다 왔어!

김밥_원이> 반가워요, 쌀식빵 요원! 아직 학생이라면서.

붕어빵_헤븐> 우리도 다 쌀식빵 요원님 같은 요원이에요. 난 붕어빵 요
원. K-7과 지내요.

만두_팔이> 난 만두 요원. K-8와 있어요.

김밥_원이> 난 K-1과 사는 김밥 요원. 우리나라에서 첫 번째로 요원이 됐어요.

붕어빵_세븐> 떡볶이 요원도 있는데 바빠서 채팅에는 못 들어와요. 떡볶이 요원은 K-2와 살아요.

김밥_원이> K-2 아니고 두찌! 회사에서 붙인 이름으로 부르지 말자고. 우리 K-1은 원이라고 불러.

만두_팔이> K-8는 팔이. 그래서 난 만두팔이ㅋㅋㅋ

붕어빵_헤븐> K-7은 헤븐이라고 불러요. 쌀식빵 요원님은 K-9과 지내죠?

진짜로 다른 요원들이 있구나.

민아는 심장이 쿵쾅쿵쾅 뛰었다. 케이구 말고도 액괴가 여덟이 더 있다고 했으니 케어하는 요원도 여덟 명이 더 있을 거라고 생각하긴 했다. 그런데 회사에선 왜 다른 요원들을 소개시켜 주지 않을까. 왜 이렇게 몰래 연락해야 할까.

읽을 새도 없이 후루룩 올라가는 요원들의 수다가 반가웠다. 저들도 가족과 떨어져서 액괴와 같이 살까? 어디에서 지낼까.

쌀식빵> 만나고 싶어요.

와글와글하던 채팅 창이 일순 멈췄다. 분위기 파악도 못 하고 처음부터 너무 들이댔나……? 민아는 얼굴이 벌개졌다. 죄송하다고 쓰려는 순간, 다시 와르르 채팅이 올라왔다.

붕어빵_헤븐> 맞아요, 우린 만나야 해요.

만두_팔이> 해 바뀌기 전에 만납시다. 내일 어때요?

김밥_원이> 12월 30일이잖아. 다들 바쁠 텐데.

붕어빵_헤븐> 무리하지 말고 올 수 있으면 오는 걸로 하죠.

쌀식빵> 대전에서 만나면 어때요? 빵 사겠다고 하면 자연스럽게 다녀올 수 있을 텐데.

떡볶이_두찌> 오, 그럼 나도 갈 수 있겠다. 두찌가 빵 소문 듣고 먹고 싶어 한다고 하면 되니까.

붕어빵_헤븐> 그럼 대전 성심당 본점, 열한 시경.

만두_팔이> 서로 알아볼 수 있게 표시가 있어야 해. 위아래로 검은 옷 입을까?

김밥_원이> 우리 다 모이면 너무 튈 거 같은데.

쌀식빵> 검은 봉지를 왼손에 들고 있는 건 어때요? 오른손엔 성심당 봉투 들고요.

김밥_원이> 오, 쉽고 좋다.

만두_팔이> 왼손엔 검은 봉지, 오른손엔 성심당 봉투.

붕어빵_헤븐> 그럼 내일 만나요. 들키지 않게 조심!

채팅 내용은 삭제되었고, 모두 다 채팅방에서 나갔다. 민아는 문득 궁금해졌다. 케이구는 이들이 요원인 걸 어떻게 알았지?

"케이구, 너 나 말고 다른 요원 만난 적 있니?"

— 나는 만나지 않았으나 다른 나들이 만났기 때문에 안다네. 나와 다른 나들은 독립된 개체이면서 하나의 전체이기에 모든 경험과 지식, 정보를 공유하지.

"뭐어? 그럼 다른 요원들에 대해서 다 알고 있었다는 거잖아. 그런데 나한테 왜 말 안 했어?"

— 그걸 말해야 했나?

"어머, 얘 좀 봐. 난 우리가 친구인 줄 알았는데 나만 그렇게 생각했나 보네?"

— 아니야. 자네와 난 친구가 맞네. 그런데 친구면 모든 걸 다 말해야 하나?

"그건 아니지만……. 야, 아무리 그래도 그렇지! 지구에선 친구끼리 하나도 안 중요한 얘기부터 완전 중요한 얘기까지 시시콜콜하게 다 하거든!"

— 알았네. 내 실수했으이. 앞으론 요원들에 대해 말하겠네.

드르릉. 매장 문이 열렸다. 언니가 마트에서 산 10킬로그램짜리 쌀가루 포대를 어깨에 메고 들어왔다. 민아는 얼른 포대를 받아 들었다.

"언니, 나 내일 성심당에 다녀올게요. 빵 공부 겸. 거기엔 어떤 쌀빵이 있는지 보고 싶어요."

"하필 내일? 12월 30일이잖아. 연말이라 사람 엄청 많을 거야."

"그러니까 KTX 타고 다녀올게요."

"무슨 소리니, 회사 카드로 살 수 있는데! 내 차로 가자. 뒷좌석하고 트렁크까지 빵으로 꽉꽉 채워서 오자고."

— 그런데 성심당이 무엇인가?

"대한민국 빵의 성지야. 케이구는 내일 오지 않는 게 좋겠어. 성심당 빵 보고 폭주할라. 성심당 절대 지켜!"

*

폭주는 민아가 했다.

언니가 건넨 회사 카드를 쥐고 성심당 본점에 들어선 순간, 빵 이외에 모든 걸 잊었다. 민아는 언니 차가 스타렉스면 참 좋았겠다고 생각했다. 빵을 종류별로 다 사고 싶었지만 손이 모자랐다. 어쩔 수 없다. 언니랑 한 번 더 와야지.

민아는 쟁반 가득 담은 빵을 계산하고 밖으로 나왔다. 양손에 두 봉지씩, 묵직한 빵의 무게를 느끼며 히죽히죽 웃었다.

건물 밖은 북새통이었다. 빵을 사려고 기다리는 사람, 건물을 배경으로 사진을 찍는 사람, 지나가는 사람, 일행을 찾는 사람으로 난리도 아니었다. 그 사이에서 나이 지긋한 아주머니가 출구 앞에 선 채 주위를 두리번거리고 있었다. 오른손에는 성심당 봉투, 왼손에는 검은 봉지를 들고 말이다.

민아는 어깨를 잔뜩 움츠리고 겨우 출구를 빠져나왔다. 그러다 검은 마스크를 쓴 아저씨와 부딪쳤다. 아저씨의 왼손에 들린 커다란 검은 봉지가 흔들렸다. 검은 봉지…… 아! 민아는 허둥지둥 주머니에서 검은 봉지를 꺼냈다. 그런데 누군가가 민아 팔을 덥석 잡았다.

"아휴, 한참 찾았네. 민아야, 우리 차 저쪽에 있어. 얼른 가자."

유 팀장 언니였다. 언니는 다짜고짜 민아를 끌고 걸었다. 민아가 좀 기다려 보라며 팔을 빼자 언니가 민아의 귀에 대고 속삭였다.

"들켰어. 웃으면서 가."

그러면서 민아를 보호하듯 어깨를 감쌌다. 언니 어깨 너머로 검은 모자를 눌러쓴 건장한 남자들이 검은 봉지를 든 아주머니를 끌고 가는 게 보였다. 검은 마스크를 쓴 아저씨도 한 무리의 남자들에게 끌려갔다.

민아는 언니를 따라 도망치듯 걸어 차에 탔다. 언니는 첩보 영화 속 스파이처럼 빠르게 차를 몰아 대전 시내를 벗어났다.

민아는 속이 부글부글 끓었다. 생각할수록 소름이 끼쳤다. 회사에서 어떻게 알고 쫓아 왔지? 우린 그냥 같은 처지인 사람들끼리 얼굴이나 보려고 했던 건데. 화가 치밀었다.

"언니, 아깐 어떻게 된 거예요?"

"너 따라갔다가 낌새가 이상해서 막은 거야. 끌려간 사람도 끌고 간 사람도 난 몰라."

"끌려간 사람들은 나 같은 요원이에요. 성심당 본점 앞에서 만나기로 했거든요."

"그랬구나. 요원이면 별일 없을 거야. 다신 요원들끼리 만날 생각 하지 말라고 주의는 받겠지만."

"언니, 요원들끼리 왜 못 만나게 해요? 난 가족하고 떨어져 살고 학교도 못 가고 친구도 못 만나면서 사는데, 같은 처지에 있는 요원들하고라도 터놓고 지내고 싶다고요!"

— 성심당은 절대 지켜야 하므로 여기로 왔네. 보여 다오, 빵의 성지에서 산 빵은 뭐가 다른가?

제빵소에서 기다리다 지친 케이구가 민아 옆자리에 나타났다. 이제 민아는 누구에게 화를 내야 할지 정확히 알았다.

"이게 다 케이구 때문이야!"

— 그런가. 미안하게 됐네. 그런데 무엇이 나 때문인가?

"몰라서 물어? 내가 엄마 아빠랑 떨어져서 사는 것도, 애매하게 감시받으며 사는 것도, 학교에 못 다니는 것도 다 케이구 때문이잖아. 네가 지구에 온 바람에, 나한테 붙어사는 바람에 이렇게 된 거잖아!"

— 어허, 참! 그건 민아 자네가 찬성한 일 아닌가. 심지어 좋다고도 했고. 집에서 나와 독립하니 좋다고, 학교 다니기 싫었는데

안 가도 졸업장 준다니 꿀이라고 했잖나. 내 그 말을 철석같이 믿었건만, 이제 와 이러긴가!

둘은 제빵소에 도착해서 함께 쌀식빵을 먹고 성심당에서 사 온 빵까지 다 먹은 후에도 계속 툭탁거렸다. 민아가 너한테 잡아먹힐까 봐 무서워서 솔직히 말 못 한 거라고 쏘아붙이자, 케이구는 안 잡아먹는다고 몇 번을 말해야 믿냐면서 게다가 너는 간이 작고 쓸개가 삐뚜름해서 엄청 맛없게 생겼다고 되받아쳤다. 민아가 그동안 날 먹잇감 보듯 봤냐며 펄쩍 뛰자 케이구는 난 지구인처럼 가시광선으로 사물을 보는 게 아니라 엑스선과 전자기의 흐름으로 인지하기 때문에 인간의 속을 아는 거라고 잘라 말했다.

— 따지고 보면 유 팀장 언니, 자네 회사가 문제네. 나는 분명히 쌀식빵만 있으면 된다고 했는데 왜 민아와 같은 건물에서 살라고 했는가?

"언니, 이건 또 무슨 소리예요? 회사에선 반드시 내가 케이구를 케어해야 한다고 했잖아요. 그리고 정보도 알아내라면서요. 액괴들이 지구에 왜 왔는지, 뭐 먹으면 죽는지, 그런 거!"

— 뭐라! 이건 제대로 된 해명을 들어야겠네. 유 팀장 언니, 민아를 이용해 날 해치려고 했는가?

언니는 지끈거리는 관자놀이를 꾹꾹 눌렀다.

"민아를 통해 케이구의 약점을 알아내려고 한 건 맞아요. 회사는 액괴들과 요원들을 이용해서 뭔가를 하고 싶어 하거든요."

이건 툭탁거리며 대충 웃고 넘길 이야기가 아니었다. 분위기가 무겁게 가라앉았다.

— 다른 나들과 요원들에게 회사의 꿍꿍이를 알려야겠네.

"케이구, 어떻게 알리게? 난 다른 요원들 연락처 몰라."

— 다 방법이 있으이.

케이구가 부르르 몸을 떠니 케이구와 똑같이 생긴 액괴 둘이 쑤욱 빠져나왔다. 둘은 자신들을 두찌와 헤븐이라고 소개했다. 그러고는 꿀렁꿀렁 움직여 멀쩡하게 살아 있는 사람 두 명을 뱉어 냈다. 한 사람은 아까 낮에 성심당에서 본 아주머니였고 다른 한 사람은 '붕어빵 아저씨'라고 쓰인 티셔츠를 입은 청년이었다.

케이구 안에서 다른 액괴들이 쏙쏙 나온 것도 놀라운데 액괴들 안에서 요원들까지 나타나다니. 상상도 못 한 광경에 민아와 언니는 입만 쩍 벌리고 서 있었다. 그런데 아주머니와 붕어빵 아저씨는 액괴를 통해 이동하는 게 꽤 익숙한 듯했다.

"학생, 아까 낮에 나 봤지? 맞네, 맞아! 내가 떡볶이 요원 왕언니야."

"아……, 안녕하세요. 저는 쌀식빵 요원 고민아예요. 여기 언니는 저 도와주는 회사 분이고요."

"반가워…… 우웨엑! 제가 쪽지 보냈던 붕어, 우움…… 빵, 헤븐이…… 꾸웨!"

"민아가 이해해. 붕어빵 아저씨가 공간 이동 멀미를 심하게 하거든."

그사이 케이구는 다시 한 덩어리가 되었다. 케이구, 두찌, 헤븐이 합쳐진 삼위일체 액괴가 된 셈이다. 그걸 본 민아는 고개를 절레절레 저었다.

"케이구, 설명 좀 해 줘. 이게 다 무슨 일이니?"

— 이면 공간을 열어 다른 나들과 요원들을 데리고 온 거네. 우주를 주유하는 방법 중 하나지. 내 안에는 무수한 공간이 있어 이동할 때 필요한 걸 넣어서 다닐 수 있다네.

"세상에, 그런 걸 할 줄 알면 미리 알려 주지! 나 제주도 여행하고 싶었단 말이야. 울릉도랑 독도도 가 볼래. 데려다줄 거지?"

— 내가 왜?

"이잇!"

둘은 또다시 티격태격했다. 토할 걸 다 토한 붕어빵 아저씨가 입가를 닦으며 말했다.

"고민아 요원님, 반가워요. 첫 만남이 이래서 너무 창피하네요."

— 지구인들이 우리의 공간 이동을 감당하긴 쉽지 않지. 자네 정도면 괜찮은 거네. 김밥 요원과 만두 요원은 아예 엄두도 못 내잖나.

"어라, 우리 헤븐이가 아니네요. 누구셔요?"

— 케이구라 하네. 오늘 만남은 내가 주선했소이다. 직접 알려

야 할 일이 있어서.

　─잠깐, 나 떡볶이 먹다 말고 와서 배고파. 왕언니, 내 떡볶이 어딨어?

　─두찌, 참아라.

　─아니, 안 참아, 못 참아!

　─케이구, 두찌 말려라.

　─싫네, 헤븐. 나도 배고픈 고통을 알기에 그러고 싶지 않아.

　─그럼 뭐라도 잡아먹어라.

　─그건 아니 되네!

"다들 그만!"

민아가 꽥 소리를 질렀다. 그 자리에 있던 언니, 왕언니, 아저씨 모두 같은 심정이었다. 머릿속에서 케이구, 두찌, 헤븐이 한꺼번에 떠드니 정신을 차릴 수가 없었다.

"셋이 동시에 말하니까 머리가 터질 것 같아 안 되겠어. 너희끼리 의논한 다음에 케이구가 대표로 말해. 그리고 여긴 떡볶이 없어. 대신 아주 맛있는 쌀빵을 줄게."

삼위일체 액괴는 쌀식빵 열세 덩이와 쌀베이글 두 판, 쌀당근케이크 네 개, 쌀롤케이크 네 덩이를 단숨에 먹어 치웠다. 민아가 쌀마들렌을 가져오니 그것도 먹으려고 했다. 그러자 민아는 엄하게 주의를 줬다.

"안 돼! 이건 왕언니랑 아저씨 드릴 거야. 기다리고 있으면 이

따가 쌀술빵 크게 한 판 쩌 줄게."

— 검은콩이랑 단호박 넣어서?

민아가 고개를 끄덕이자 삼위일체 액괴는 순순히 물러났다. 민아 말은 아주 얌전히 잘 듣네. 왕언니가 깔깔 웃었다. 이리 와서 마들렌 같이 들어요. 아저씨도 웃었다.

"아마 이것 때문일 거예요. 액괴 길들이기."

즐겁던 분위기가 단박에 싸해졌다. 언니가 굳은 표정으로 이어 말했다.

"회사에선 액괴의 능력을 탐내고 있어요. 물리적인 공격이 통하지 않고 전자 기기도 무력화시키고 공간 이동도 하니까. 무적이잖아요. 그래서 액괴를 컨트롤할 방법을 찾는 거예요."

— 이해가 되질 않는군. 내 능력이 필요하다면 정중히 부탁할 생각을 해야지 어찌 컨트롤할 방법을 찾는가. 어디에다 쓰려고?

"무기로 쓰려는 거겠죠. 액괴를 마음대로 다룬다면 핵무기도 장난감일 테니까."

아저씨가 나지막이 말했다. 찬물을 끼얹은 듯 침묵이 흘렀다. 왕언니가 언니에게 물었다.

"그럼 우린 왜 감시하고 서로 못 만나게 하는 거야? 나 낮에 끌려가서 비밀 유지 서약서 새로 쓰고 왔어. 얼마나 고압적으로 굴던지 정말 기분 더러웠다고."

"그건 액괴와 친한 요원들이 의기투합해서 문제를 일으킬까 봐 경계하는 걸 거예요. 아예 서로의 존재를 모르게 하면……."

"문제라니, 우리가 액괴를 꼬드겨서 쿠데타라도 일으킬까 봐? 아님 뭐, 지구 정복이라도 할까 봐? 웃긴다. 군이고 경찰이고 죄다 벌벌 떨면서 우리한테 액괴 떠넘길 땐 언제고 뒤에서 그런 수작을!"

언니가 당황해하자 왕언니는 그쪽한테 화낸 거 아니라고, 알려줘서 고맙다고 했다. 우리한테 말해서 오히려 그쪽이 난처해지는 거 아닌가요? 아저씨가 걱정했다.

미안하다고 고개 숙이던 언니는 이젠 고맙다며 허리까지 숙였다. 그러고는 아무래도 자기가 있으면 불편할 테니 요원님들끼리 편하게 이야기 나누시라며 인사하고 제빵소를 나갔다. 부릉, 부르릉. 언니가 차를 몰고 떠나는 소리가 들렸다.

어색한 분위기를 바꾼 건 민아였다.

"그러고 보니 요원님들이 제빵소 첫 손님들이에요! 이러고 있을 때가 아니네. 얼른 쌀술빵 만들어 올게요."

민아는 민첩하게 술빵 반죽을 시작했다. 체에 친 쌀가루에 설탕, 소금, 달걀, 물, 생막걸리를 섞어 잘 치댔다. 발효하면 시간이 오래 걸리니 발효 과정 없이 만드려고 드라이 이스트와 베이킹파우더를 넣은 다음 당절임 콩과 단호박 슬라이스를 듬뿍 올려 쪘다. 순식간에 후다닥 뚝딱, 김이 모락모락 나는 쌀술빵이 나왔다. 주방 일에 일가견이 있는 왕언니도 혀를 내둘렀다.

"민아야, 어쩜 이렇게 일을 잘해? 빵이 꿀맛이네!"

"정말 맛있어요! 붕어빵도 쌀가루 반죽으로 만들어 봐야겠다."

─"지구에서 먹은 식량 중 제일 맛있다"라고 헤븐이 감탄했네. 두찌도 동의했으이.

왕언니가 가만히 민아의 손을 잡았다.

"나하고 붕어빵 아저씨가 회사에 잘 얘기할게. 적어도 우리끼리는 교류하게 해 달라고. 민아는 걱정 말고 빵 연구에 매진해. 전국에 고민아 이름을 내건 빵집을 만들어야지. 안 그래?"

"그래요, 저랑도 협업해 보자고요. 재밌을 거예요!"

세 사람과 세 액괴는 빵을 나눠 먹으면서 밤늦도록 이런저런 얘기를 나눴다. 오래전부터 혼자 살았던 왕언니는 두찌와 함께 지내서 든든하다고 했다. 붕어빵 아저씨는 헤븐과 같이 메뉴 개발을 하는 게 즐겁다고 했다. 피자붕어빵, 잡채붕어빵, 밤통팥붕어빵, 콘치즈붕어빵 등. 아저씨는 자신의 붕어빵에 자부심이 넘쳤다. 이제는 민아도 그 마음을 알았다. 흥을 탄 케이구도 속생각을 털어놨다.

─ 우린 지구가 좋네. 이 행성을 가득 채운 생명의 다양한 형태가 참 좋아. 식량이 다양한 것도 좋고. 무엇보다 식량을 챙겨 주는 친구들이 더없이 좋지. 다른 은하에 가서도 생각날 듯해.

"케이구, 왜 그런 말을 해? 너희들 어디 가?"

─ 그래야지. 갈 때가 지났거든. 왕언니가 졸고 있지 않나. 가게

를 오래 비우면 저쪽 감시자들이 의심할 것이야.

"아이고, 깜빡 졸았네. 두찌, 얼른 가자. 민아야, 내년에 우리 가게 놀러 와. 내가 즉석 떡볶이 근사하게 해 줄게!"

"자정이 지났으니 이제 12월 31일이에요. 헤븐, 이만 갑시다. 집에서 새해 맞을 준비를 해야죠. 내년에 봐요, 고민아 요원!"

케이구의 몸에서 두찌와 헤븐이 나와서 왕언니와 아저씨를 삼키곤 사라졌다. 민아는 새해에는 케이구를 졸라 꼭 공간 이동을 해 보리라 마음먹었다. 잘만 꼬시면 온 세상을 구석구석 다 돌아볼 수 있을 거다.

긴 하루가 끝났다. 열아홉 살도 딱 하루 남았다.

민아는 한강이 훤히 보이는 503호에 들어갔다. 창밖에 희끗희끗한 싸라기눈이 분분히 날렸다. 왕언니랑 아저씨는 집에 도착했을까. 민아가 케이구에게 넌지시 물었다.

"있잖아, 넌 사람을 삼키면 먹고 싶지 않니?"

— 사람에 따라 다르지. 친밀한 관계의 개체라면 당연히 먹고 싶지 않네. 사람도 마음을 주고받은 동물은 먹지 않잖나. 그리고 아까 이야기했듯, 사람의 몸 안에 여러 장기가 있는 것처럼 우리 내부에도 여러 공간이 있네. 무언가를 보관하는 공간과 식량으로 먹어 흡수하는 공간은 따로 나뉘어 있지.

"진짜 신기하다. 케이구는 알면 알수록 놀라워. 너한테 나도 그래?"

— 물론이네. 우주처럼 알면 알수록 신비롭지. 사람들은 이 행성에 갇혀 사니까 뭘 잘 모르더군. 우주에 나가 견문을 넓히면 좋을 텐데. 그러면 지금과는 다르게 살 거라고 보네. 적어도 이 아늑한 행성이 얼마나 소중한지 깨달을 테니. 민아 자네에게도 그런 기회가 있길 바라네.

"내가 나사 우주인도 아닌데 무슨. 케이구 여행 얘기나 들려줘. 우주에는 뭐가 있어?"

— 어둠이 있지. 크기를 가늠하기 어려운 공간에 산재한 물질의 씨앗도 있고……

케이구의 이야기를 들으며 민아는 까무룩 잠이 들었다.

떡볶이 요원 왕언니는 두찌 뱃속에 가져다 둔 침대에 벌렁 누웠다.

"두찌야, 난 네 뱃속이 최고다. 근데 저번에 알래스카 원더 호숫가에서 노지 캠핑 해 보니까 주방 공간이 따로 있으면 좋겠더라.

— 얼마든지! 왕언니가 필요하다면 아예 지금 사는 집처럼 꾸며 둘게.

두찌는 왕언니 집 거실에 왕언니를 내려놨다. 그런데 흥얼흥얼 콧노래를 부르던 왕언니가 꽥 비명을 질렀다.

"두찌야, 우리 집 왜 이러냐?"

도둑이 들어와 싹 뒤진 듯 집 안이 엉망진창이었다. 바닥에 나

뒹구는 텔레비전, 부서진 화분들, 깨진 유리창, 싱크대에서 떨어진 그릇들, 사방에 흩뿌려진 설탕과 밀가루, 덜렁거리는 옷장 문짝과 쏟아진 옷들.

두찌가 거대 성게처럼 삐죽삐죽하게 변해서 부들부들 떨었다.

— 감히 왕언니 서식지를! 이놈들, 다 갈아 먹겠다!

"두찌야, 그러지 마. 이런 건 신고하면 돼. 내가 휴대폰 어디다 뒀지?"

— 왕언니는 휴대폰을 항상 가게에 두고 다니지.

왕언니는 아래층, 왕언니 떡볶이 가게로 내려갔다. 그곳은 더 가관이었다. 알루미늄 셔터는 떨어져 나갔고 출입문은 열려 있었다. 가게 안은 폭탄이라도 맞은 것처럼 엉망진창이었고 전기도 나가 버렸다.

이십삼 년 동안 꾸려 온 가게인데……. 왕언니는 망연자실해 멍하니 가게를 바라봤다.

끼이이익!

검은 승합차가 요란한 소리를 내며 가게 앞에 섰다.

"떡볶이 요원?"

왕언니가 돌아봤다. 건장한 남자 둘이 승합차에서 내렸다. 왕언니와 두찌를 감시하던 회사 사람들은 아니었다. 남자는 거대 성게 같은 두찌를 경계하며 물었다.

"사람을 공격합니까?"

106

"우리 두찌는 사람을 해치지 않아요. 그런데 누구세요?"

남자들은 신속하게 왕언니의 입과 코를 약품이 묻은 손수건으로 막아 기절시킨 후 승합차에 태웠다. 두찌는 잠자코 이면 공간으로 들어가 왕언니를 따라갔다.

같은 시간, 붕어빵 아저씨도 기절한 채 승합차로 이동하고 있었다. 멀리 계명산이 보였다.

붕어빵 아저씨를 태운 차와 왕언니를 태운 차가 만나 앞뒤로 나란히 달렸다. 두 차는 비포장길로 한참을 가, 오래된 콘크리트 건물에 도착했다.

남자들이 왕언니와 아저씨를 깨워 건물 안쪽에 있는 방으로 들여보냈다. 최신식 화상 회의 설비가 갖춰져 있는 회의실이었다. 민아의 부모님도 그곳에 있었다. 둘 다 안색이 파리했다. 여기가 어딘지, 왜 끌려왔는지 모르는 게 분명했다.

치지직. 회의실의 스피커가 켜졌다.

"거칠게 모셔서 유감입니다. 액괴로부터 회사를 보호하기 위해 내린 결정이니 이해하길 바랍니다. K-2, K-7은 이 상황을 다른 액괴들에게 알리십시오. 이제부터 우리가 원하는 바를 말하겠습니다."

유 팀장 언니 목소리였다! 왕언니와 붕어빵 아저씨는 믿을 수 없다는 표정이 되었다. 영문을 모르는 민아의 부모님은 그저 민아가 걱정되어 안절부절못했다. 이면 공간에서 상황을 보고 있던 두찌와 헤븐은 보고 들은 모든 걸 다른 액괴들에게 알렸다.

— 민아, 일어나게. 문제가 생겼다네. 자네 부모님이 잡혀갔어.

케이구의 말이 끝나기도 전에 민아가 벌떡 일어났다.

"엄마 아빠가 왜? 누가? 어디로?"

— 회사에서 움직였어. 자네 부모님 계신 곳에 왕언니와 붕어빵 아저씨도 같이 있어. 물론 두찌와 헤븐도 있으니 너무 염려 말게.

"그러니까 무슨 일로, 왜! 아니다, 언니한테 물어볼래."

— 그…… 언니가 부모님을 데려간 것 같으이.

민아의 표정이 딱딱하게 굳었다. 그동안 언니가 잘해 줬던 게, 다른 요원들과 만나도록 도와준 게 전부 나를 방심하게 하려는 작전이었던 걸까.

"케이구, 나 거기로 데려다줘. 부탁해."

— 싫네. 난 내 친구를 놈들 소굴에 데려가고 싶지 않아. 놈들에게 힘의 차이를 보여 줄 필요도 있고. 잠시 기다리게.

드드드드득. 지진이 난 것처럼 땅이 진동했다. 민아는 창밖을 내다봤다. 제빵소 앞 너른 공터 전체가 이글이글 타오르듯 일렁거렸다. 휘날리던 싸라기눈이 그곳에만 내리지 않았다.

곧 공터의 허공이 발기발기 찢어지며 거대한 검은 반구가 나타났다. 땅울림이 그치자, 검은 반구는 민아의 부모님이 있는 콘크리트 건물과 건물에 딸린 아스팔트 주차장과 검은 승합차 세 대를 내뱉고 여덟 액괴로 나뉘었다. 케이구의 다른 나들이 건물과 그 주변 땅을 깔끔하게 도려내 공터로 옮겨 온 것이다. 건물에서 뛰어나온 사람들이 주위를 보곤 경악을 금치 못했다.

— 나가지. 회사 놈들이 어떻게 나오는지 보자고.

민아는 케이구와 함께 나갔다. 액괴들은 스무 명 남짓한 회사 사람들의 머리 위로 둥실둥실 떠다녔다. 잔뜩 겁을 먹은 그들은 동상처럼 뻣뻣하게 서서 꼼짝도 못 했다.

콘크리트 건물에서 왕언니와 붕어빵 아저씨가 나왔다. 둘의 등 뒤로 총을 겨눈 사람들이 바짝 뒤따르고 있었다. 뒤이어 민아의 부모님과 유 팀장 언니가 나왔다.

"엄마, 아빠!"

"오지 마!"

민아가 달려가려는데 엄마가 제지했다. 엄마 아빠 뒤에 선 언니가 민아에게 총을 보여 줬다. 언니는 평소와 다름없이 상냥하게 말했다.

"민아야, 갑자기 달려들면 내가 놀라서 총을 쏠지도 몰라. 나 지금 아주 흥분했거든. 액괴들이 이렇게까지 할 수 있는 줄 몰랐단 말이야."

— 더한 것도 보여 줄 수 있네. 백악관을 화성으로 옮겨 줄 수도 있고, 자금성을 수성에 이전시킬 수도 있어.

"바로 그거야, 케이구! 우리와 거래합시다. 한국에 사는 동안

극진히 모셔 줄 테니까 우리 일 좀 거들어. 나라를 위해 힘 좀 쓰라고."

언니가 새된 목소리로 외쳤다. 어둠 속에서 언니의 번들거리는 눈빛이 보였다. 액괴보다도 더 괴물 같았다. 민아가 살살 어르듯 언니에게 말했다.

"언니, 우리 부모님은 놔 줘. 액괴한테 총 안 통하는 거 알면서 왜 그래?"

"너와 네 부모에겐 잘 통하지. 민아야, 네가 케이구의 유일한 약점이잖니. 요원을 볼모로 삼아 액괴를 우리 뜻대로 조종한다. 이게 회사의 기본 플랜이란다."

"이 언니가 진짜! 날 못살게 군다고 케이구가 언니 말을 듣겠어? 그 전에 홀랑 잡아먹힐걸!"

"케이구, 움직이지 마. 안 그럼 인질들이……!"

픽! 퍼벅!

왕언니와 붕어빵 아저씨에게 총을 겨누던 사람 둘이 쓰러졌다. 두찌와 헤븐의 몸에서 송곳 같은 촉수가 튀어나와 그 사람들의 머리를 꿰뚫었다. 어정쩡하게 서 있던 사람 중 몇몇이 반사적으로 총을 꺼내 액괴들에게 쐈다. 그들의 머리는 그들이 쏜 총알이 뚫어 버렸다.

— 우리가 하려는 일은 반드시 이루어지네. 우릴 협박하거나 조종할 수 있는 존재란 없으이.

"머, 멈춰! 아무것도 하지 마. 안 그럼 고민아 부모님 여기서 끝이야! 뭐 해, 이 멍청이들아! 고민아 잡아!"

언니는 발악하며 민아 엄마의 목을 끌어안고 머리에 총을 겨눴다. 멀거니 서 있던 사람들이 민아를 잡으려고 달려들었다.

— 우린 너희 뇌에 직접 말을 하잖아. 그게 무슨 뜻일까?

— 뇌를 매만질 수 있다는 뜻이지. 푸딩처럼 부들부들하게 만들면 먹을 때 느낌이 좋아.

— 민아, 어떻게 하면 좋겠나? 이놈들 뇌를 죽탕으로 헤집어 놓을까, 아니면 딱딱하게 굳힐까?

그 자리에 있는 모든 사람의 머릿속에서 액괴들이 주고받는 말이 왕왕 울렸다. 몇몇은 주저앉았고 몇몇은 어딘가로 무작정 달려갔다. 액괴 중 하나가 친절하게 그들을 공간 이동 시켜 민아 앞에 데려다 놨다. 민아가 차분히 주위를 둘러보며 말했다.

"케이구, 공포심을 새겨 줘. 애먼 사람들 건드리지 못하게."

민아의 말이 끝나기가 무섭게 회사 사람들이 바닥에 널브러져 벌벌 떨었다. 언니도 총을 집어 던지고 악악 비명을 지르며 데굴데굴 굴렀다. 케이구는 말로도 단단히 주의를 줬다.

— 우리 중 일부는 지구에 항시 머물 것이네. 그러니 알아서들 해. 우린 우리에게 소중한 사람들을 계속 지킬 거니까. 그리고 유팀장 언니, 실망했네.

꿀렁. 순식간에 케이구가 언니를 삼키고, 사라졌다가, 다시 나타났다. 왕언니와 아저씨 모두 아연실색했다. 케이구가 변명하듯 말했다.

— 안 먹었네. 지구 밖에 던지고 온 거야. 뱅글뱅글 돌면서 신나 게 우주여행을 할 테지, 영원히.

소동은 끝났다.

케이구는 여의도 한강 공원으로 옮겨진 계명산 자락의 콘크리 트 건물과 주차장을 그대로 남겨 두었다. 자신들을 이용하려는 사람들에게 보내는 경고라고 했다. 여기저기에 쓰러졌던 회사 사 람들은 하나같이 얼이 빠진 채 멍하니 앉아 있었다. 정신이 들려 면 시간이 더 필요해 보였다.

민아는 엄마 아빠를 꼭 끌어안았다.

"엄마, 아빠, 괜찮아? 많이 놀랐지?"

"우리 딸 괜찮아? 도대체 무슨 회사가 이래?"

"불안해서 안 되겠다. 당장 때려치우고 집에 가자, 응?"

"에이, 뭐가 불안해. 누가 내 편인지 봤잖아. 그리고 나 제빵 실 력도 많이 늘었단 말이야. 아까워서라도 못 그만두지."

민아는 털털하게 웃으며 말했다. 엄마 아빠는 훌쩍 큰 딸이 어 색했지만 듬직했다. 장하다, 우리 딸. 부모님도 털털하게 웃었다. 케이구가 민아에게 말했다.

— 민아, 난 이만 떠나려네. 왕언니와 아저씨도 두찌와 헤븐과 함께 은하 한 바퀴 돌고 올 것이야.

"뭐어? 그럼 나도 갈래!"

왕언니와 붕어빵 아저씨, 두찌와 헤븐과 케이구가 동시에 민아를 돌아봤다.

— 그게 무슨 뜻인지 알고 하는 말인가?

"알아. 그러니까 나도 데려가라고, 우주로! 엄마, 아빠, 나 갔다 올래. 괜찮지?"

엄마 아빠는 당황한 표정이 역력했다. 하지만 왕언니와 붕어빵 아저씨는 물론 케이구도 신이 나서 한마디씩 거들었다.

— 제빵소 건물 통째로 다니면 크게 불편하진 않을 터. 민아가 원할 때 언제든 돌아올 테니 걱정 마시오.

"내가 액괴랑 돌아다녀 봐서 아는데, 진짜 끝내줘요! 나랑 이 아저씨가 민아 옆에 딱 붙어 있으면서 안전하게 다니다 돌아올 테니까 염려 놓으세요."

"저도 헤븐이 속에 이것저것 설치해 놨고, 왕언니도 두찌한테 살림살이 넣어 놨으니 지낼 만할 거예요."

"그렇다잖아. 스무 살 기념으로 휘익 다녀올게. 아니면 엄마 아빠도 같이 가든가."

민아가 짐짓 뻐기듯 말하자 부모님은 웃음을 터트렸다. 민아는 행복해 보였다. 이미 믿음직한 친구들과 함께 낯선 세상으로 나아가고 있었다. 둘은 민아의 안전한 여행을 기원했다.

"케이구, 행성 딱 열세 곳만 둘러보자, 응?"

— 그러면 첫 모험지는 가까운 큰개자리로 할까. 지구인과 비슷한 탄소 화합물 기반 지적 생명체가 사는 행성이 몇 있거든. 내 장담하네. 민아, 자네의 쌀식빵은 거기서도 통할 것이야.

케이구가 몸을 부풀렸다. 민아, 왕언니, 아저씨가 케이구 속으로 쏙 들어갔다. 케이구의 몸이 계속 커지며 제빵소 건물 전체를 삼켰다. 지진이 난 것처럼 땅이 울리더니 거대한 케이구가 순식간에 사라졌다. 텅 빈 건물터엔 바람 한 점 불지 않았다.

어릴 때 〈이상한 나라의 폴〉이라는 TV 애니메이션을 좋아했어요. 등장인물 중 인형 찌찌는 괴상하게 생겼고, 폴의 머리 스타일도 이상하고 모험 내용도 시시했지만(저는 거대 로봇물을 더 좋아했어요!), 폴이 이상한 나라로 가는 방식이 흥미로웠어요.

찌찌는 폴이 항상 공상하던 세계에서 온 요정인데, 시간을 멈추고 별세계로 가는 입구를 만들 수 있어요. 현재를 고정해 두었기 때문에 이상한 나라에서 실컷 놀다 와도 현재는 일 초도 안 지나고 폴이 별세계에 다녀온 것도 아무도 몰라요. 얼마나 멋져요?

무엇보다 폴이 이상한 나라로 가는 모험에 초대된 이유가 정말 끝내줬어요. 찌찌는 공상을 좋아하는 아이를 좋아하기 때문에 폴을 별세계로 데려간 거였어요. 세상에, 나도 공상 좋아하는데!

그래서 저는 집에 혼자 있을 때마다 두근거렸어요. 갑자기 시

간이 멈추고 별세계로 가는 문이 열릴 것 같아서요. 그땐 정말 진
지했습니다!

  지금은 살짝 다르게 진지해요.

  요정 찌찌는 찾아오지 않고 내 힘으론 시간을 멈출 수 없지만,
저에겐 노트북이 있거든요. 워드 프로세스를 켜면 다른 인생을
살아 볼 수 있고, 안드로메다는 물론 그 너머 우주, 쌀식빵 마니아
케이구가 실존하는 세계로도 떠날 수 있어요. 이런 종류의 떠남
은 늘 설레지요.

  여러분의 떠남을 응원합니다.

  새로운 여정을 시작하는 그 순간이 행복으로 기억되기를!

이
도
해

홍
대
에
는

갈
수
없
어

| 이 | 도 | 해 |

제12회 자음과모음 청소년문학상에 당선되어 작품 활동을 시작했다. 아직도 말과 글이 서툴러, 작가라고 불리기 부끄럽다. 하지만 진심이 담겨 있는 글은 반드시 통할 것이라 믿는다. 지은 책으로 『우리 반 애들 모두가 망했으면 좋겠어』『터치!』가 있다.

나는 어른의 삶이 얼마나 비참한 것인지를 안다.

[정말 승혜 안 옴? 한 명 빠지면 재미없는데.]

[승혜야, 그러지 말고. 이런 것도 다 추억이잖아. 스무 살 첫날인데 같이 있자.]

[정하민, 그만 챙겨. 한승혜가 싫다잖아. 우리끼리 가. 가는 애들은 꼭 민증 챙기고.]

[뭐야, 한승혜. 우리 중에 대학도 제일 빨리 붙어 놓고 이럴 때는 꼭 빠지더라.]

[그만해, 최연서. 너 계속 대학 얘기하는 거 열폭 같아.]

[뭔 말을 그렇게 하냐? 난 서운해서 그러는 거라구!!!]

[그냥 승혜 놔둬. 대신 먹고 싶은 건 연서 네가 고르든가.]

[그래? 지영이 너 딴말하기 없기야.]

　그쯤에서 나는 액정을 끄고 휴대폰을 내려놓았다. 진동이 계속 울렸지만, 어차피 내가 할 수 있는 말은 '미안해'와 '못 간다'라는 두 문장뿐이었다. 이후에 이어질 말들도 결국 그날 홍대에 가서 뭘 먹고 뭘 할지를 결정하는 것일 테니 메시지를 더 읽고 있을 필요가 없었다.

　오늘은 청소년 딱지를 떼기 만 하루 전날이다. 내 친구들은 진작부터 설레고 있었다. 술집에서 술을 마시거나 미성년자 관람 불가 영화를 보는 게 그렇게 좋은 일인지는 모르겠다. 게다가 나는, 12월 31일에 우르르 모여서 지하철 2호선을 타고 홍대로 가고 싶지 않은 아주 분명한 이유가 있다.

　적당히 밝고, 적당히 분명하고, 적당히 확실한 것을 좋아하는 내 친구들에게, 그러니까 보통의 열아홉에게 설명하기 힘든 구질구질한 이유 말이다.

*

　한국에서 자란 사람들은 단 한 명도 빠짐없이 그들의 계측기를 가지고 있다. 그 계측기만 있으면, 눈앞의 사람을 판단하는 데 일초도 걸리지 않는다. '이 애는 이런 애구나' 하고. 이름도 물어보기도 전에 말이다.

빨리빨리의 민족답게 아주 순식간에 타인의 첫인상부터 등급을 매기는 자동 반사. 다들 상대방의 태도나 행동, 또는 살아가는 데 어떤 철학이나 믿음을 가지고 있는지는 크게 중요하지 않은 것처럼 군다. 실제로 그런 게 중요하지 않은 사회이기 때문에 이렇게 발전했겠지?

그래서인가, 호감 가는 인상이나 태도, 인기 있는 외모로 말미암아 자신의 위치를 공고히 하기 위해 수많은 가치를 투자하는 사람은 내 주변에 너무 흔하다.

예를 들어 A라는 사람이 있다. 고등학교 2학년 1학기 첫날, A는 친구가 될 만한 상대를 찾고 있다. 낯익은 얼굴이 한 명도 없어서 말 걸기가 쉽지 않은데, 누군가가 등 뒤에서 A의 어깨를 친다.

"야, 좀 도와줄래? 나 쇼츠 찍으려고."

인사를 하기도 전에, 이름도 모르는데 부탁부터 하는 상대. 고개를 돌린 A는 머릿속으로 무조건 반사처럼 그 애의 첫인상 등급을 매긴다. 예를 들면 이렇게.

얼굴: B

태도: C-

인상: D

패션: B-

총평: 나쁘지는 않지만 좋은 친구가 되기는 좀 어렵겠다.

대뜸 A에게 자기 휴대폰을 건넨 그 애, B의 눈꼬리는 실쭉 올라가 있었고, 짧은 앞머리는 눈꼬리보다 더 올라가 있었다. 개학한 지 하루도 지나지 않았는데 셔츠 첫 번째 단추가 이미 사라져 있었다.

"그냥 여기서 이거 누르고 내가 그만이라고 할 때까지 찍으면 돼."

"……."

해 준다는 말도 안 했는데 B는 이미 화면 속에 들어와 있었다.

"홍대로 가는 길이 어디예요?"

자기가 묻고는 등을 돌려 걷더니 다짜고짜 무반주 춤을 췄다. 저렇게 하는 거 맞아? 저거 아니잖아. 황당해서 웃음이 났다.

"나 좀 잘하지 않았냐? 너도 할래?"

"아니?"

"처음 보는 사인데 너무 냉정하네."

원래대로라면 그러고 끝났어야 했을 인연이었다. A와 B, 아니, 나와 정하민은.

휴대폰을 되가져가는 하민의 손바닥 여기저기에 굳은살이 박여 있었다. 한창 일할 때의 아버지도 저런 손이었다.

"질문 두 개를 한 번에 하면 어떡해? 너도 할 거냐고 했잖아. 그

거 싫다고 한 거야."

그러자 정하민이 다시 기대를 품고 물었다. 실쭉 올라간 눈꼬리가 샐샐거렸다.

"괜찮았지? 이따 같이 점심 먹고 다시 찍을까?"

그렇다. 나도 마찬가지였다. 사람들을 구분하고, 누구와 친해지거나 좋은 관계를 유지할지는 빠르게 결정하지 않으면 안 되니 말이다. 학기 초에 아무것도 하지 않으면 혼자가 되어 버리니까, 그 속도에 맞추지 않으면 뒤떨어져 버리니까. 정하민을 처음 봤던 고2 봄까지, 나도 한국식의 세세한 등급을 매겼었다. 다만 내 계측 기준은 또래 애들보다 훨씬 단순하게 바뀐 채였다.

으음, 사실대로 말하자면, 내 계측기는 고장이다.

내가 사람을 분류하는 카테고리는 이제 딱 두 가지뿐이니까.

초등학교에 입학하기도 전의 어느 날, 어머니가 놀러 나가려던 나를 불러 세웠다.

"승혜야, 다락 청소 좀 도와줄래? 홈 시어터를 설치하고 싶은데 네 아버지 물건이 너무 많이 쌓여서."

어른(이 될 수 있는 사람)이거나, 어른이 아닌 사람.

내 분류는 이것들뿐이다.

"내일 새벽부터 철거 작업이 진행될 예정입니다."

1996년 12월 31일, 내가 아는 한 어른은 울고 있었다. 녹음된 라디오 뉴스 사이로 선명히 들렸다. 아버지의 흐느끼는 소리가.

아버지는 1994년 성수 대교 붕괴 사건으로 당시 유일한 가족이었던 형을 잃었다. 그리고 1994년 10월에 당산 철교 문제에 대한 특집 탐사 보도가 방송되었을 때부터 1995년 12월 교량 철거 결정이 날 때까지, 계속 교량을 철거해야 한다고 방송사 뉴스 팀과 신문사와 라디오국에 편지를 보냈다. 서울의 시설 관리 부서와 철도과에도 민원을 수십 차례 넣은 듯했다.

사람들이 더는 죽으면 안 된다.

내가 태어나기도 전에 아버지가 쓴 일기에는 매일 그런 말이 쓰여 있었다. 지하철이 제 역할을 하지 못하고 사람들이 잠깐 불편해진다 해도 수많은 목숨을 앗아갈 위험을 모른 체할 수는 없다는 울분에 찬 내용이었다.

그 일기와 반송된 편지 그리고 오래된 신문 무더기를 정리하면서 신기했었던 기억이 난다. 이제 쓰지 않는 아버지의 일기는 먼지 속에서 몇 권이 더 늘어나 있었는데, 나는 그것을 수능이 끝나고서야 찾게 되었다.

아버지의 매년 12월 31일이 계속 1996년 12월 31일과 같았다면, 나는 새해가 오는 것을 매우 반겼을 것이다.

[아빠는 괜찮다. 병원에 꼭 오지 않아도 돼. 엄마도 있잖아. 그리고 하민이가 그러던데, 너희 모여서 홍대 가기로 했다며? 다녀와. 애들이 너만 빠진다고 섭섭해해.]

정하민은 내게 퍽 오지랖이다.

쇼츠를 찍어 달라고 했던 고2 첫날, 정하민은 4교시까지 내가 반 아이들 누구와도 이야기하지 않았다는 것을 알고 있었다.

"너 혼자 밥 먹는 거 보는 거, 좀 그랬거든."

그 애는 정말 다정한 오지라퍼다. 정하민의 그런 성격 때문에, 병명까지는 아니지만 아버지가 어딘가 아프다는 것을 들켰다. 그 후로 하민은 겨울이 다가올 때마다 항상 내게 잔소리를 한다. 마치 복장이 불량한 선생님처럼. 아버지를 챙기는 것도 중요하지만, 나도 청소년이니까 그에 어울리는 활동을 해야 한다는 것이다.

그렇게 신경을 써 주는 정하민에게 내 속을 다 보여 줄 법도 하지만, 나는 그렇게 하지 않고 있다. 그저 정하민 같은 녀석이 12월 31일이 몇 번, 몇십 번 지나고도 지금과 같은, 무사한 어른이 되기를 바랄 뿐이다.

[발작 조심하세요. 약도 잘 챙겨 먹고요.]
[걱정 마라. 내가 애도 아니고.]

아버지는 애가 아니라서 문제예요. 혹시나 딴생각하기만 해
봐…… 거기까지 쓰다가 통째로 지웠다.

이맘때가 되면 내 머릿속에서 만들어지는 모든 말이 날카로운
것 같다. 겨울바람이 피부를 벨 듯이 매섭게 몰아치는 것처럼, 나
도 아주 뾰족해져 버리고 만다.

[승혜야, 친구들이랑 놀아라. 올해도 혼자 신년을 맞이하면 후회할 거
야.]

나는 아버지의 메시지에서 아주 오묘한 것을 읽어 낸다. 후회.

아버지는 후회를 할까. 자기 일에 책임을 진 대가로 폐쇄 병동
에 누워서 새해를 맞이해야 하는 것을.

아버지가 새 회사로 옮겼을 때, 처음에는 가족들 모두 잘되었
다고 생각했다. 아버지의 첫 직장에서는 자재 가격 단가를 후려
치지 못하는 아버지를 탐탁지 않아 했고, 아버지는 티를 내지는
않았지만 그걸로 엄청나게 스트레스를 받곤 했으니까.

아버지의 새 직장은 서울과 약간 먼 도시에 있어서, 서울역까
지 가서 기차를 타고 출퇴근을 해야 했다. 그래서 평일에 아버지
의 얼굴을 보는 건 하늘의 별 따기였다.

주말마다 아버지는 술을 마셨고, 오래된 삼촌 사진을 붙들고

우는 걸 내게 종종 들켰다. 예전에는 그런 적이 없었다.

그래도 아버지는 악착같이 일을 했다.

요즘 얼굴 한번 제대로 못 보는구나. 챙겨 주지 못해 미안하다.

생일 선물 아래 메모가 적혀 있었다. 아버지의 글씨체로.

"일 그만하면 안 돼?"

어머니가 그렇게 물어도 핼쑥해진 아버지는 고개를 저을 뿐이었다.

"도대체 그 사람들이 당신한테 고마워하긴 하냐고."

"그런 거랑 상관없어. 남에게 이 일을 맡기면 죽은 형을 볼 낯이 없어질 거야."

"당신 살 빠진 거 좀 보라고!"

"내가 퇴사하면 그 일을 맡을 사람을 구해야 하는데, 그 사람이 숙련될 때까지 기다리는 것도 일이야. 그냥 내가 하는 게 모두가 속 편해. 걱정하는 건 알겠는데, 그만하자."

그 도시에는 관광 목적으로 만들고 있는 모노레일이 있었다. 모노레일은 시청과 체육관을 잇는 시가를 가로질러서 운행할 예정이었는데, 처음 공사 승인이 날 때부터 시장이 리베이튼지 뭔지를 받았다는 등 비리가 얽혀 있다고 말이 많았다고 했다.

문제는 아버지가 반쯤 만들어진 모노레일의 안전 문제를 지적

하면서부터 시작되었다.

"그럼 새 업체에 외주를 다시 맡기세요. 왜 우리가 철거부터 확정해야 합니까?"

"하지만 안전성 문제가 있잖습니까! 새 업체에 맡기기 전에 철거 승인을……."

"아, 한 선생님. 왜 이래요? 그냥 쉽게 하자고요. 걔들이 판단하겠지. 아니면 당신이 다 떠맡을 거야? 그러지 않아도 된다잖아. 한 씨, 한 씨가 저거 다시 지을 거야?"

"……하지만 지금 시점에서 업체를 바꾸면 그 업체가 순순히 철거부터 하지는 않을 텐데요."

"철거를 어떻게 해? 예산이 모자라니까 보강을 하겠죠, 보강을. 보강해서 사고 나면 걔들 책임이지. 도대체 왜 한 선생님이 이러는지 모르겠네. 다 떠맡고 책임지고 싶어서 그래요? 쉬운 길이 있는데 왜 자꾸 어려운 길을 운운해. 다 같이 죽고 싶은 거예요?"

"죽는 건 당신들이 아니니까 그런 말을 할 수 있는 거 아닙니까!"

아버지의 일기는 그때쯤부터 글씨체가 들쭉날쭉했다. 잉크가 번져 있기도 했다.

아버지가 새벽 일찍 나가서 밤늦게 들어오는 날이 많아졌다. 회사에서 부러 아버지에게 일을 몰아주고 있는 건 확실했다. 사건이 일어난 후에 만난 기자님에게 물어보니, 회사가 다른 사람들의 업무도 야금야금 다 아버지 몫으로 돌렸다고 했다.

아버지는 휴게 시간도 없이 일을 하고, 외근이며 서류 작업까지 하느라 정신이 없었다. 그래서 '그 사건'이 일어나기 전에 아버지는 세 사람 몫의 일을 하고 있으면서도 무능하고, 실수가 잦으며, 상사에게 감정적으로 대하고, 사교적이지 못하다는 소리를 매번 들었다고 했다.

그해 12월 31일, 서울역에서 전철을 타고 집으로 돌아오던 아버지에게 공황 발작이 일어났다. 2호선이 당산 철교를 건너고 있을 때였다.

그날 아침, 아버지가 새벽까지 술을 마시며 만지작대던 소주잔 밑에는 메모가 한 장 남아 있었다. 그건 유서 같기도 하고, 아닌 것 같기도 했다.

형 미안해 타협은 않아

여전히 글자의 획들은 여기저기 이상한 모양으로 뻗쳐 있었다.

회사는 아버지의 공황 장애 발병이 아버지의 책임이라고 했다. 산재를 인정할 수 없다며 여러 종이 쪼가리들을 보내 왔다.

〈인사 고과 평가서〉
• 맡은 업무의 책임을 미룸.
• 상사에 항명.

· 조직 문화에 적응하지 못하고 조직에 융화되지 못함.

· 때때로 감정 조절이 어려움.

그 종이는 이전 두 번의 과호흡과 발작 전조를 '감정 조절 어려움'이라고 말하고, 그 때문에 병원에 간 것을 '무단결근'으로 처리하여 평가 사유 항목으로 이용하고 있었다. 응급이라고 회사 동료들에게 말해 놓은 건 제대로 된 절차가 아니라고 하면서.

맡은 일에 책임을 다하려는 마음밖에 없었던 아버지를, 그들은 그런 식으로 모욕했다. 결국 아버지의 병은 산재 처리가 되기는커녕 권고사직을 당하는 이유가 되었다.

그 종이쪽들은 2호선 합정역을 지나는 지하철 6번 칸에 탄 아버지의 손에 얌전히 쥐어져 있었음에도 불구하고, 아버지의 기도를 막았다. 그날, 전철이 한강을 건너기도 전에 아버지는 과호흡으로 쓰러지고 말았다.

나는 그 끔찍한 일이 12월 31일, 2호선이 한강을 지나던 당산 철교 위에서 시작되었다는 것이 정말 믿기지 않았다. 아버지가 염원하던 새로 지은 당산 철교였다. 사상자 한 명 없이, 튼튼하게 지은 철교.

모든 것이 붕괴되는 일은 아버지의 트라우마였고, 당산 철교가 지어졌을 때 그 오래된 트라우마는 말끔히 사라져야만 했다.

하지만 그건 사라지지 않고 매년 12월 31일마다 증식했다. 자세한 영문을 모르던 내가 중학교에 막 들어갔을 때의 12월 31일, 아버지의 새파란 얼굴과 산소 줄을 끼고 있는 코 그리고 죽음이라는 키워드는 나의 트라우마가 되었다.

12월 31일, 나는 당산 철교를 건너 합정역을 지나 홍대까지 가는 지하철 2호선 안에서 깔깔거리거나, 설레거나, 농담을 던지거나 할 힘이 하나도 없다. 누군가에게는 아주 쉽고 평범한 일상이겠지만, 그 일상은 항상 누군가의 불행으로 유지된다는 것을 어른이 되기도 전에 깨달았으니까.

어른이란 자신의 일에 책임을 질 줄 아는 것. 흔해 빠진 문장이고, 아버지가 철썩같이 믿던 문장이다.

그러나 나는 너무 일찍 알아 버렸다. 자신이 책임져야 할 일들을 다른 사람에게, 책임을 지는 것을 두려워하지 않는 사람에게, 혹은 책임을 질 수밖에 없는 위치의 사람에게 넘기는 어른이 압도적으로 다수라는 것을 말이다.

그 사람들은 아무것도 책임지지 않고도 어른이 됐다. 나는, 그 인간들을 어른이라고 인정할 수 없다.

아버지는 1996년 12월 31일, 당산 철교 철거 전날 감사와 회한에 젖어 울었다. 그리고 바람이 이루어진 덕분에 또 다른 삶의 목표를 세웠다.

하지만 그 때문에 아버지는 12월 31일만 되면 자살 충동이 높아져서 그다음 해 1월 1일까지 폐쇄 병동에 입원해야만 한다. 그런 내 보호자의 비극을 이 세상 누구도 책임져 주지 않는다. 어른들의 세상에서, 그건 오로지 개인의 비극이어야 하는 것만 같다.

사람들은 아주 교묘하게 어른이라는 껍데기를 쓰고 우리에게 정직이니, 바른 생활이니, 친구와의 우정을 지켜야 한다거나 연장자에게 순종할 것 따위를 훈계한다. 그러나 그들 중 자신의 책임을 남에게 미루지 않는 진짜 어른을 찾기란 쉽지 않다.

청소년 인구는 줄고 성인들이 머릿수를 압도하는 세상에서 나는 그 모순을 깨달았다. 그것은 나의 비극이기도 하고, 미래의 비극이기도 하다.

여기는 그렇게 굴러가는 세상이라는 것을, 나는 너무 일찍 알아 버렸다.

[아버지 올해 안 죽어. 여기 간호사들이 얼마나 철저한데.]

나는 알람이 깜빡이는 휴대폰 액정을 껐다.

"홍대로 가는 길이 어디예요?"

장난 같은 밈처럼, 나는 홍대에 갈 수 없다.

갈 수 없을 뿐 아니라, 어른이 될 수도 없을 것만 같다.

                  *

면회가 끝났다. 아버지는 약을 먹을 것이다. 이제 깊은 잠에 들 차례다.

어머니와 헤어진 나는 병원 밖으로 나왔다. 벌써 해가 지고 있었다. 행정상의 어른이 되기까지 이제 몇 시간도 채 남지 않았다. 가방에서 장갑을 찾아 끼고 모자도 눌러썼다. 찬바람이 조금이라도 덜 느껴질까 해서였다.

종합 병원 앞 횡단보도를 건너면 간판이 24시간 켜져 있는 해장국 집이 있다. 작년에도 여기서 밥을 먹었다. 여자애 혼자 와서 늦은 밤에 해장국을 먹어도 아무도 이상하게 생각하지 않는다. 다 간병인이나 환자니까 말이다.

"야."

파란불이 켜지기를 기다리고 있는데 익숙한 목소리가 들렸다. 고개를 돌려 보니 정하민이 서 있었다.

"홍대 안 갔어?"

"네가 없으니 무슨 의미냐. 애들끼리 가라고 했어."

누구 혼자 밥 먹는 걸 못 보는 정하민다웠다.

"그러다가 너도 찍혀. 특히 최연서한테."

"본인이 찍혔다는 건 잘 알고 있는 모양이네. 너 조심해. 연서가 진짜 벼르고 있어."

"별러서 뭐 하는데."

"톡 못 봤어? 비싼 음식점 예약해서 대학 합격 턱 내라고 하겠대. 걔도 진짜 귀엽지 않냐."

하민은 자기가 말해 놓고 혼자 실없이 웃었다.

"깡패야? 합격 턱을 수금하게. 걔 대학 붙기만 해 봐."

신호가 바뀌어 나와 정하민은 횡단보도를 건넜다.

"합격 턱 내기 싫으면 네가 더 정확한 이유를 말해 주든가."

"이유를 말 안 해도 이해해 주면 안 되는 거야?"

"보통은 그렇지. 이유 말 안 하고 모임 빠지는 거 누가 좋아해?"

"거짓말이라도 하면 되냐?"

"……그냥 말해. 아버지 아프신 게 말 못 할 일이야?"

"남 일이네, 정말."

딸랑. 해장국 집의 문을 열고 들어가 자리에 앉았다. 해장국을 시키자 하민이 나를 뚫어지게 쳐다보았다.

"한승혜, 뭐가 남 일이야?"

"난 주절주절 내 얘기 하고 싶지 않아. 좋지도 않은 거."

"나한테는 왜 했는데."

"너한테도 얘기할 생각으로 한 건 아니었어. 그냥 들킨 거지."

"와……, 진짜 서운하네."

하민이 깍두기 통을 열고 젓가락으로 그릇에 옮겼다. 나는 겉절이 통에 들어 있는 집게를 집어 하민에게 건네주었다.

"너 후회 안 하겠냐? 청소년 마지막 날인 12월 31일에 이러고 있는 거."

"후회를 왜 해? 여기도 나름 어른 분위기인데. 아니지, 이런 곳이 진짜 찐 어른 바이브잖아. 여태 공부랑 운동만 했는데 24시간 해장국 집을 언제 와 보냐."

아주머니가 해장국 두 그릇을 들고 왔다. 하민은 해장국에 양념장을 풀다가 다시 서운함을 토로했다.

"말 돌리지 말고. 왜 애들한테 얘기하면 안 돼? 얘기 안 하는 걸 오히려 이상하게 생각할 거라고."

"아무것도 모른 채로 이상하게 생각하는 게 나아. 우정이 얄팍해진대도 할 수 없어. 난 애들한테 말하기 싫어. 너한테 들킨 것도 짜증 나고."

홍대 대신 종합 병원 앞 24시간 뼈해장국 집에 함께 온 정하민에게도 나는 날을 세울 수밖에 없었다. 12월 31일이니까.

우리는 한참 조용히 밥을 먹었다. 식당 통유리 옆으로 아버지가 누워 잠들어 계실 폐쇄 병동의 방을 찾아보았다. 불 켜진 창문이 너무 많다. 신경이 예민해질 수밖에 없다. 휴대폰도 자주 들여다보게 된다. 트라우마라는 건 정말 지긋지긋한 족쇄 같다.

"맛있네, 이 집. 해장국 한 뚝배기 정도는 하는 어른이 된 것 같아 좋구만."

정하민은 좋은 녀석이다. 고1이 되어 속한 무리 중 가장 먼저 친구가 된 건 정하민이었다. 내 계측기에 따르면 이 애는 아마 진짜 어른이 될 거다. 하지만 차라리 최연서처럼 약게 구는 게 낫다. 남과 거리를 두고, 아무나 자신에게 무거운 얘기를 하지 못하도록 밝게 웃으면서. 살기에는, 생존하기에는 그게 낫다.

정하민, 너도 홍대 가지 그랬냐.

"넌 어른이 되고 싶냐."

"말이라고 하냐? 아, 1월 1일까지 세 시간 남았다."

우리는 해장국 집을 나와 24시간 운영하는 맥도날드로 들어갔다. 여기도 병원 인구 전용이었다.

"주변에 아늑한 카페 많은데."

하민이 딱딱한 플라스틱 의자에 앉으며 인상을 찌푸렸다. 나는 턱으로 병원 건물을 가리켰다.

"보고 있어야 안심이 돼."

"어휴."

하민은 고개를 절레절레 저었다.

"하민아, 이제라도 안 늦었어. 연서한테 톡 해."

"이미 늦은 것 같은걸. 안 그래도 조금 후회하고 있는 중이니까 짚어 주지 마."

하민이 감자튀김을 집어 먹으며 말했다. 나는 그런 하민에게 무언가 해 줄 것이 없는지 찾았다.

없었다. 내 신경은 온통 아버지에게 가 있었다. 하지만 정하민

이 옆에 있으니까 작년보다는 기분이 나은 것 같았다. 혼자보다
는 확실히 둘이 낫다. 이런 걸 해 줄 수 있는 건 정하민뿐이다. 정
말, 뭐라도 해 주고 싶었다.

"고맙다, 여기 있어 줘서."

할 수 있는 최선의 말이었다. 하민이 내 등을 퍽 소리 나게 쳤
다. 어찌나 힘껏 쳤는지 패딩 충전재가 삐져나와 나풀거렸다.

"그 소릴 듣기가 이렇게 어려워서야."

거리는 완전히 깜깜해졌다. 구세군 종소리와 때 지난 캐럴이
섞여 귓가에 맴도는 것 같았다.

"아버지 많이 안 좋으셔?"

하민이 물었다. 생각해 보니 지금까지 하민은 아버지의 상태에
대해 물어본 적이 한 번도 없었다. 내가 하도 날카롭게 굴어서, 묻
지 못할 만도 했다.

"신경 쓰지 마."

"아니, 아버지가 많이 안 좋으시면 너도 걱정 많이 할 테고, 네
가 걱정 많이 하면 나도 너 걱정되고. 다 그런 거잖아, 인생사 돌
고 도는 거. 그러니까 너희 아버지가 괜찮으시면 나도 괜찮아지
는 거지."

정하민은 학기 초에 최연서를 다독일 때도 그랬다.

"첫 모고인데 완전 망했어."

"우리 아직 안 망했거든? 내가 도와줄게."

"네가 뭔데 날 도와? 경쟁자일지도 모르잖아."

"야, 우리 이제 전국구로 경쟁해야 되는데? 너는 나 돕고 나는 너 돕고 서로 도와서 성적이 오르는 게 낫지. 고작 한 명 재끼는 것보다야."

"야라고 부르지 마. 내 이름 최연서거든."

"연서야, 우리 경쟁 말고 동맹 하자. 얼라이(ally), 오케이?"

"아, 개 유치해, 진짜."

나는 그때 정하민이 정확히 어떤 녀석인지 파악했다. 남한테 좋은 걸 주면 자기도 좋아진다고 믿는 녀석. 이런 녀석에게는 털어놔도 좋을 텐데.

하지만 그 타이밍에 자기 얘기를 털어놓은 건 내가 아니라 하민이었다.

"가정사 쪽팔려서 나한테 숨기는 거라면, 나도 내 얘기 하나 깐다."

"뭐? 그럴 필요 없……."

"아이, 결심했다고. 들어 봐. 어릴 때 엄마랑 싸우고 아파트 옥상에 올라간 적이 있었거든."

"……."

"뭐, 옥상에서 떨어지려고 그런 거도 아니고 그냥 하늘 보러 올라갔는데, 막 눈물이 나더라고."

"옥상이 열려 있었어?"

"응, 그때는 열려 있더라. 그래서 올라갔는데…… 갑자기 경비 아저씨가 '너 여기서 뭐 해!' 하고 소리를 지르는 거야. 그래서 내가 '상관 마세요' 했더니, 막 끌고 내려가려는 거야."

"경비 아저씨도 극한 직업이네."

내가 웃었다. 12월 31일, 오늘 처음으로 웃어 봤다.

"근데 나도 겁나 우울한데 아저씨가 내 몸에 막 손대고 밀고 당기고 하니까 화가 나잖아. 그래서 놓으라고 막 그랬거든? 내가 당시 키 172에 몸무게 69, 운동 열심히 하고 있을 때였어. 경비 아저씨는 나보다 작았는데, 결국 못 막더라. 그러니까 무전으로 다른 경비 아저씨들을 다 부르더라고."

"뭐?"

황당해져서 먹던 감자튀김을 떨어트렸다. 하민이 인상을 찌푸리며 그 감자튀김을 쟁반에서 주워 다시 내 입에 넣고는 턱을 닫아 주었다.

"경비 여섯 명 1개조가 갑자기 나타나더니 내 양팔 양다리를 잡고 원시인들이 사냥한 동물 끌고 가듯이 머리 위로 올려서 데려갔어."

"컥."

"그러고는 옥상 문 앞에 내려 주더니, 절대로 옥상 올라오지 말라고, 울 거면 집에서 울든가, 공원에서 울든가 하라는 거야. 완전 시트콤 아니냐?"

누군가의 비극은 보는 이에겐 희극이라더니. 나는 배가 아프게 웃어 댔다. 그 장면을 상상하는 것만으로 웃음의 폭주는 멈출 줄을 몰라, 2층에 있던 사람들이 다 이쪽을 쳐다보았다.

"웃을 일이 아냐. 나 심각했다고. 생각해 보니까 경비 아저씨들이 나를 그렇게 원시인처럼 끌고 간 게, 내가 걱정돼서가 아니라는 생각이 들더라니까.

봐, 경비 아저씨들이 항상 옥상을 잠그고 관리하는데 문이 열려 있었지. 근데 거기서 애가 뭔 짓이라도 했어 봐, 자기들 책임이 되잖아. 그러니까 경비 팀을 조직해서라도 그 자리에서 울고 있는 여자애를 빼 버리는 게 우선인 거야. 왜 우냐, 무슨 일이냐, 그런 말을 하는 것보다는. 차라리 방에서 울거나 공원에서 울거나 하라는 게 무슨 뜻이겠……."

"어른들은 원래 그따위야."

갑자기 웃음기가 가셔 하민의 말을 잘랐다. 어른들은 원래 다 그따위다. 책임지기 싫어서, 비극의 뿌리를 없애기는커녕 비극을 다른 곳으로 미루는 것밖에 할 줄 모른다.

"아이, 내 말 안 끝났어. 처음에는 경비 아저씨들이 너무 미워지는 거야. 그런데 집으로 돌아가니까 엄마가 미안하다고 내가 좋아하는 쪽갈비랑 치즈케이크를 만들고 계신 거야. 그래서 살아 있기를 잘했다고……."

심장이 철렁했다.

"너 거기서 죽을 생각 했어? 아까는 떨어지려고 올라간 거 아니라며."

"아 씨, 다 들켰네."

하민이 마지막 감자튀김을 포장지에서 털어 입에 넣었다. 나는 하민을 노려보며 뒷말을 추궁했다.

"아, 지금 얘기 아니잖아. 왜 그렇게 살벌한데? 그땐 운동 막 시작했을 때라 괜히 다 살벌하게 느껴졌고, 훈련 빙자한 갈굼도 적응 안 돼서 죽을 생각이 아예 없는 건 아니었어. 게다가 매일 잠겨 있는 옥상 문도 타이밍 좋게 열려 있었잖아. 그래서 약간 생각만 했다 그거지, 뭐. 약간, 아주 약간."

"……."

"표정 풀어라. 아니, 내 꿉꿉한 얘기 하는데 왜 네가 인상 쓰는데. 그만해?"

"계속 해 봐."

나는 그러면서 팔짱을 꼈다. 정하민이 피식 웃었다.

"아무튼 그날 계체량 관리 때문에 못 먹던 고칼로리 쪽갈비랑 케이크를 입에 넣는 순간부터 경비 아저씨들이 고맙더라고.

게다가 그 아저씨들이 자기 책임이 될까 봐 그렇게 짐 나르듯이 나를 옥상 문 밖으로 옮긴 것도, 더 생각해 보니까 가장 나쁜 선택이 아닌 거 같은 거야.

잘 봐, 경찰 부를 수도 있고, 옥상 침입죄 같은 거로 신고할 수도 있고, 내려오거나 말거나 문을 잠그겠다고 협박할 수도 있었 잖아. 근데 경비 아저씨는 자기 책임을 피할 궁리를 한 와중에도 나름 나까지 생각한 선택을 했던 거야."

"그게 말이 왜 그렇게 되는데."

"왜 말이 그렇게 안 돼? 내가 누군지 묻지도 않아 주고, 엄마도 모르고, 선생님한테도 말 안 해 줬고, 옥상 침입죄가 있는지는 모르겠지만 어쨌든 그걸로 신고도 안 했고. 그래서 나한테도 한때의 우울, 쪽팔린 에피소드로 남게 된 거지.

생각해 봐. 내가 진짜 죽으려고 했어도, 경비들이 마치 사냥한 돼지 다루듯 내 양팔 양다리를 하나씩 잡아서 날 퇴장시켰는데 다음 날 기사에 그 얘기까지 나오면 얼마나 쪽팔리겠냐고. 절대 못 죽지, 암."

"……허, 어처구니가 없네."

"그 당시의 내 스트레스는 그 정도 쪽팔린 거로는 못 죽는 정도, 딱 그 정도의 스트레스였던 거야. 경비 아저씨 여섯 명이 그걸 깨닫게 해 준 거라니까. 케이크 먹고 다음 날 아침에도 운동 갔는데, 선배가 쪼는데도 그 일이 생각나서 웃었으니까, 고마운 거지, 나름.

그 덕분에 진짜 자기 삶을 포기한다는 게 얼마나, 얼마나 힘든 일 때문인 건지도, 웃기거나 쪽팔린 일 하나로 덮어질 수 있는 거라면 죽을 필요 없다는 것도 알았지."

말을 멈춘 정하민이 내 입술 양 끝을 검지로 콕콕 찍어서 강제로 쭉 올렸다.

"그러니까 죽상 하지 말고 웃어. 아버지 나으실 테니까. 원래 살아 있다는 건, 항상 변할 가능성이 있단 뜻이야. 죽으면 끝나지만, 살아 있으면 나아질 수도 있어."

하민의 손끝은 따뜻했다. 그때 진심으로, 나는 이 애의 손끝이 항상 따뜻하길 바랐다.

"어른이 되어도 그럴까."

"당연하지. 어른이 평생 어른일려구? 나이 더 들면 노인도 되고, 울고 싶을 땐 애로 돌아가서 땡깡 피우기도 하고 그런 거지. 그러다 깨달음을 얻어 득도하면 부처나 예수 뺨치는 성인도 되는 거고. 어른이 어떻게 어른이라는 한 모습으로 고정되겠어?"

정하민은 힘을 주어 말을 이었다. 내 입꼬리를 계속 위로 밀어올리면서.

"승혜야, 네가 몰라서 그렇지 어른들도 변해."

"은 븐하믄(안 변하면)?"

"그때는 우리가 변하게 만들어야지. 우리 승혜 아버님부터 낫는 방향으로다가."

하민의 손이 떨어졌다. 나는 피식 웃었다.

딸랑. 맥도날드 밖으로 나오자 구세군 종소리가 크게 울렸다.

사람들의 온기는 어디로 가고, 또 어디에서 오는 걸까?

나는 정하민의 손을 잡았다. 정하민이 미소를 지었다. 어른이 되지 않더라도, 또 어른이 되더라도, 엄마의 손을, 아빠의 손을, 정하민의 손을, 지하철 2호선과 튼튼한 당산 철교를 놓치지만 않으면 될 것 같다.

우린 어른이 되더라도, 살아 있을 거야. 반드시.

"1월 1일에, 홍대 안 갈래?"

"이제 와서?"

"쓰레기도 보고, 남들이 토한 거도 좀 보고. 그러면서 우리만 숙취 없이 쌩쌩한 걸 과시하는 거지."

나와 하민은 누가 먼저랄 것도 없이 함께 웃음을 터트렸다.

　당산 철교라는 글감을 잡고 머릿속에 떠오른 것은 홍대라는 장소였다. 개인적으로 정말 수많은 추억이 있는 곳이다. 그중 지금 떠오르는 건 성인이 되자마자 친구와 홍대에 가서 술을 마신 것이다. 나는 그게 어른이 돼서 할 수 있는 가장 근사한 일이라고 생각했던 것 같다.

　그리고 그다음 날, 숙취로 토하면서 내가 얼마나 멍청한 생각을 했는지에 대해 많은 자숙과 반성의 시간을 가져야만 했다.

　모두가 알겠지만, 어른이 된다는 건 편의점에서 술, 담배를 사거나 청소년 관람 불가 영화를 보는 것보다 훨씬 어려운 일이다.

　'심슨의 아버지'로 불리는 만화가 매트 그레이닝의 연재 카툰 『Life in hell』의 1986년 연재분 중 지금도 잊혀지지 않는 대사가 있다.

"아들아, 지금이 내 인생에서 가장 행복한 순간이란다(Cheer up kid! these are the happiest years in your life)!"

"세상에, 지금보다 더 나빠진다고요(Oh, it gets worse)?"

청소년기에는 어른만 되면 모든 것이 더 나아질 거라고 생각했는데, 아니었다. 세상에는 무수히 많은 끔찍한 함정들이 있었다.

이 글을 쓰면서 성인이 된 후부터의 내 과거를 돌아봤고, 몰려온 수많은 감정은 감당키 어려운 것이었다. 인생은 쓰다. 물론 쓰다고 나쁜 것만 있지는 않지만…….

어쨌든 이 글로 청소년들이 그 쓴맛을 감당하기 힘들 때 조금이나마 도움이 되기를 바란다.

자음과모음의 최찬미 차장님, 전유진 과장님, 우소연 님 그리고 이 글을 쓰게 되기까지 내 인생에 달고 쓴맛을 더해 주신 모든 분께 감사드린다.

그리고 어른으로서 인생의 부당한 쓴맛을 감당하고 있을 모두에게 조금이라도, 아주 조금이라도 글쓴이의 마음이 닿기를 바란다. 읽는 분들 모두가 인생의 철교를 무사히 건너 또 다른 한 해를 맞이하시기를.

황
모
과

꼴
찌
를

위
한

계
절

황 모 과

2019년 한국과학문학상, 2021·2024년 SF어워드를 수상했다. 소설집 『밤의 얼굴들』 『스위트 솔티』, 중편 소설 『10초는 영원히』 『노바디 인 더 미러』, 장편 소설 『서브플롯』 『말없는 자들의 목소리』 『그린 레터』 등을 출간했다.

졸업식을 한 달 앞두고 자퇴를 결심했다. 나는 곧 전교 1등으로 졸업할 예정이었다. 이게 다 졸업 시험 마지막 문제 때문이다. 듣도 보도 못한 참신하고 괴랄한 킬러 문항이 내 미래를 꽁꽁 냉동시켰다.

다음 문제의 정답은 1이다. 정답을 구하시오.
① 정답
② 정답 이외

'엥, 이게 뭐야?'

뭐 이런 문제가 다 있담? 주먹을 내겠다고 선언한 사람과 가위바위보 게임을 하는 기분이랄까?

하지만 나는 차분하게 심사숙고했다. 가위바위보에 심리전을 끌어오는 상대라면 평소 그의 성품과 의외성 등을 분석해야 하는 법. 이 문항 때문에 1등과 꼴등이 갈릴 거였다.

고심에 고심을 더하고, 의심에 의심을 올리고 반문에 반문을 쌓은 뒤 2번을 선택했다. 전교 1등을 놓친 적 없던 내가 고교 생활 마지막을 엉뚱한 선택으로 장식하려던 건 아니었다. 문제를 노려보다 문득 떠올랐다. 지난주, 교장 선생님이 전교생에게 보낸 픽처링 메일이. 거기에 '비판적 사고'를 언급한 문장이 있었다. 혹시 그게 복선이었던 게 아닐까? 다들 그것을 기억하고 있을 터, 전교생이 2번을 선택할 게 분명했다.

우리 학교의 시험은 사실 출제자의 의도보다 다른 아이들의 선택이 중요하다. 우리 학교는 철저한 상대 평가제고 (그래서 모두가 100점을 맞으면 99점을 맞더라도 최하위가 된다) 상대 평가란 일종의 다수결 게임이니, 주류의 선택에 따라야 했다. 우리 학교 애들은 전부 똑똑하다. 전교생 중 전교 1등이 아닌 애가 없을 정도니.

그러나 결과는 참담했다. 2번을 선택한 학생은 전교에 나 한 명뿐이었다. 고독한 악수를 두고 말았다.

그 딱 한 문제 때문에 나는 198등을 했다. 전교생 백구십팔 명 중 꼴찌였다. 나를 제외한 백구십칠 명은 모두 만점을 받아 공동 전교 1등이었다.

만점 아니고선 최하위가 되어 버리기에 우리 학교는 완벽주

자들만 살아남아 왔다. 이것이 종교 법인 일등교가 설립한 비평준 명문 학원, 일등 고교의 법이다.

"헐, 시원하게 망했네?"

밈으로 배운 고사성어와 격언에 의하면, 사람이 선택을 하는 것이 아니라 선택이 사람을 만드는 법이라지. 나는 반역자여서 2번을 택한 게 아니라 2번을 택해서 반역자가 되었다.

"인생이 이렇게 허무하게 끝나기도 하는구나……."

한동안 자포자기하고 있었다. 그러다 마음을 고쳐먹었다. 기왕 이렇게 된 거 이참에 욱, 해 보기로 결심했다. 줄곧 전교 1등이었으므로 1등이 아닌 이 상황이 내게는 오히려 신선했다. 1등은 해서 뭐 하나? 원스타 취업은 이미 물 건너갔다. 그렇다면 이깟 학교도 졸업할 이유가 없다.

졸업 시험 결과를 보고하는 자리, 나는 경악한 표정의 부모님을 앉히고 저녁 식탁 앞에 섰다. 엄마 눈엔 슬픔이, 아빠 눈엔 괄시가 고여 있었다. 나는 애써 발랄하게 꼴찌가 되었음을 고해했다. 그러곤 십팔 년 넘게 묵혀 둔 고찰인 듯 비장하게 대들었다.

"생각을 좀 해 봤는데, 다들 1등인 곳에서 1등이 뭐가 중요해? 남들이 다 하는 일이면 이미 특별한 게 아니잖아?"

말하면서도 약간 자괴감이 들긴 했다. 마치 1등을 하고 싶지 않아 일부러 신념을 가지고 선택했다는 듯한 투였다. 모르는 사람이 들으면 소신 있는 신조거나 실속 없는 허세로 생각할지 모르지만, 사실은 둘 다 진실조차 아닌 것이다.

어색하게 앉아 있자니 부모님은 어이없음을 감추지도 않으며 허탈한 듯 말했다.

"198등이 말하니까 설득력이 하나도 없구먼."

"그러게. 1등일 때 말했으면 몰라도."

식사 전, 부모님은 번갈아 나를 핀잔하면서 식탁 옆에 놓인 제단을 향해 식전 기도를 올렸다. 두 사람은 하루에 세 번씩 빠짐없이 나의 학업 성공을 빈다. 자식의 1등을 기원하는 일등교 장로님들다운 루틴이다. 근데 엄마가 습관처럼 암송하는 식전 기도를 듣자니 오늘은 꽤 거북했다.

"새로운 시대가 강림할 때까지 우리 원이를 오직 1등의 길로 인도하소서."

"엄마, 나 꼴등 했다니까. 그 인도 불발됐어."

하나뿐인 딸의 기념비적 실패에 위로를 보내지는 못할망정 다들 없는 일 취급하고 있었다. 나는 식탁을 쾅 치고 자리에서 일어나 선언했다.

"나 자퇴할 거야. 이 학교에서 배운 공부는 애초에 부조리하고 무의미했어!"

평소 철학적이거나 비판적인 인간은 아니었지만 꼴찌가 되어서 그런지 뭔가가 몸속에서 회오리치고 있었다. 심장에 차가운 이슬이 급속히 맺히는 느낌마저 들었다.

나는 저장 장치 삽입구가 있는 뒷머리를 검지로 가리키며 외치
듯 말을 이었다.

"픽처링은 학습도 아니고 분별도 아니야. 머릿속에 커닝 페이
퍼가 있는 것뿐이잖아. 안 그래?"

나는 힘껏 일등 학원의 교육 재생산 방식을 비판했다.

"눈에 보이는 거 다른 종이에 옮겨 쓰는 게 뭐가 실력이야?"

학교에서 내가 배운 공부법이라곤 픽처링을 위해 교과서를 오
래 노려보는 일뿐이었다. 픽처링은 시야에 들어온 정보를 사진
찍듯 고스란히 머릿속 보조 기억 장치에 저장하는 것이다. 일등
고교 입학과 동시에 전교생은 시냅스와 연동한 브레인 보조 장치
삽입 시술을 받는다. 그러니 학습이나 터득이라기보단 설비나 설
치에 가깝다.

게다가 수업 때 픽처링하라고 지정된 내용 중 시험 문제가 출
제되기에, 시험장에선 보조 장치에 저장된 이미지를 머릿속에서
적절히 꺼내 문제와 대조해 답을 옮겨 적기만 하면 된다. 그뿐이
다. 암기조차 필요 없다.

엄마는 한숨을 쉬더니 괜히 나를 치켜세웠다.

"얘, 우리 땐 그런 것도 없었어. 너희 같은 아이들, 우리가 보기
엔 초능력자 같아."

아빠는 한술 더 뜨는 척 비아냥댔다.

"그럼 제거하시든가."

그러더니 나를 아주 애 취급하며 나무랐다.

"방식이 어쨌든 원스타 입사 조건이 픽처링 능통자잖니. 우리 세대도 다들 쓸데없는 암기 시험 통과하고 사회인 됐어. 시험 때문에 벼락치기로 외웠던 거? 당연히 하나도 기억 안 나. 그게 삶에 도움 안 된다는 것도 알아. 근데 너, 취업 못 하고선 부모의 지도 편달이 없었다는 둥 우리 탓이나 하지 말아라."

툭하면 부모가 제대로 진로 안내를 해 주지 않았다고 푸념하는 건 정작 아빠면서.

아빠의 설교는 길었다. 어른들도 다들 한때는 무의미한 시험 속에 살았단다. 다소 불합리한 것들을 마주했지만 감내한 데에는 다 나름의 이유가 있다고도 했다. 관문의 공정성을 지적하다 당장 안 바뀌면 지적한 사람만 손해 아니냐고 말했다.

뭐야. 점점 짜증이 났다. 세상이 불합리해도 변화엔 시간이 걸리니 언제까지고 꾹 참으라는 말이잖아. 설명이나 설득이 아니라 마치 협박처럼 들렸다.

우리 학교 애들은 고등학교 졸업 후 대학 진학을 하는 게 아니라 원스타라는 대기업에 취업하는 것이 정해진 코스다. 원스타에 들어가는 걸 영예로 여기는 건 부모님도 마찬가지라, 다른 길을 택하는 일은 쉽지 않았다.

나는 다시 한번 제자리에서 식탁을 쾅 친 뒤 어제 찍어 둔 픽처링 이미지를 머릿속에서 꺼내 큰 소리로 읽기 시작했다. 엊그제

쓴 일기였다.

"모두가 1등이지만 1등이라는 순위는 사실 아무런 변별력을 갖지 않아. 아예 무의미하다고. 근데 취업할 땐 분명한 격차가 있어. 같은 1등을 해도 원스타 회장 아들, 학교 이사장 손자는 진입부터 처우가 다르지. 애초에 많은 자원을 가진 가정의 자녀들만이 선대의 재산을 불리거나 유지하는 일에 복무하는 거야. 그러니 아무리 1등이어도 예외 없이 패자가 존재한다고!"

나와 같은 학년의 학교 이사장 손주들이나 원스타 임원들의 자녀들은 원스타에 프리 패스로 입사할 것이다. 걔들처럼 나도 1등이지만, 나 같은 '빽' 없는 1등은 처지가 다르다. 그러니 대대로 자산이 양도되는 합법적 사기꾼 가문을 부러워하거나, 일찌감치 사기꾼이 되지 못한 부모를 부끄러워할 뿐이다. (어제 이 표현도 써 두었지만 부자유친 삼강오륜을 생각해 이 문장은 읽지 않았다.)

나의 웅변을 듣고 엄마는 놀란 표정을 지었다. 박수를 치려던 손을 애써 누르는 게 보였다. 아빠는 내 눈동자가 시야 왼쪽 끄트머리에 붙박여 있다는 걸 알아챘다.

"원이 너, 평소에 친구들이랑 대화할 때도 픽처링 쓰니? 네 말대로라면 커닝 페이퍼인데?"

"이건 다르지. 내가 직접 쓴 일기니까!"

문어체로 적은 문장을 읽어서 약간 어색하긴 했지만 그렇다고 일기를 꺼내 읽은 걸 두고 커닝이라고 비난받을 이유는 없었다.

"잘만 사용하네. 픽처링, 유용한 점이 참 많아."

"요즘 애들은 기억력도 좋고 응용력도 좋아. 우리 어릴 때도 저런 기술 있었으면 얼마나 좋았을까."

부모님이 만담가들처럼 서로 쿵짝 쿵짝 맞장구를 쳤다.

나는 부모님에게, 아니, 이 세상에 심한 배신감을 느꼈다. 1등을 놓친 적 없는 인생이었지만 이제 더 이상 꿈꿀 미래는 없다. 원스타 입사도 물 건너갔다.

솔직히 2번이 정답이길 바랐고 또 믿었다. 나만 1등 하길 기대하기도 했다. 하지만 꼴찌가 되고 보니 확실히 알겠다. 세상에서 가장 부질없는 게 숫자다. 마지막 숫자를 차지한 지금, 여실히 깨달았다.

'흑, 이게 아닌데……'

나는 대화할 의지를 상실하고 자리를 떴다. 자포자기하는 심정으로 어깨를 축 늘어뜨린 채 방에 들어서자 문밖에서 부모님이 작당하는 소리가 들렸다.

"여보, 얼른 원이 방문 잠가!"

화장실이 딸린 방을 나한테 허락해 줄 때부터 여차하면 독방 감옥으로 삼으려고 하셨군. 내년 1월에 있을 졸업식 전까지 연말연시 내내 나는 라푼젤처럼 방에 감금되어 있을 예정이었다. 어차피 가고 싶은 곳도 없다. 나는 그대로 침대에 드러누웠다.

그날, 나는 자퇴서를 작성해 담임에게 전송했다. 부모님 메일도 참조로 넣었다. 중졸로 살아갈 일이 까마득하긴 했으나 세상에 중졸이 나만 있을 리 없었다.

자퇴 의사를 밝히자 언제나 내게 다정한 줄로만 알았던 세상이 갑자기 표정을 180도 바꿔 버렸다. 한두 사람이 아니라 주변 모두가 달라졌다. 중졸이 되면 적이 느는 건가? 학력 사회의 고충을 이런 식으로 체감하고 싶진 않았다.

부모님은 아무래도 나를 걱정하는 게 아닌 듯했다. 줄곧 전교 1등이라고 자랑하던 딸이 어긋난 것 때문에 자신들의 명예가 실추됐다고 여기는 게 분명했다. 거실에서 들려오는 목소리엔 내 미래를 걱정하는 말은 하나도 담겨 있지 않았다. 자신들을 걱정하는 얘기뿐이었다.

엄마는 비슷한 경험을 했던 사촌 언니 이야기를 들으려고 고모에게 전화를 건 모양인데, 끊으며 화를 쏟아 냈다.

"뭐야, 정말! 자기 딸도 자퇴했으면서……!"

그러면서 고모가 무례하다고 욕을 했다. 고모는 아마 습관처럼 남의 실패를 두고 자신들의 실패는 상대적으로 별것 아닌 것처럼 말했을 거다. 어쩌면 조금 먼저 경험했답시고 그동안 쌓였던 앙심을 악담으로 바꿔 퍼부었을지도 모른다.

다른 친척들도 무관심한 척하면서 우리 집 상황을 주시하는 모양이었다. 남이 망하는 일은 양념치킨 소스처럼 달콤하고 고소한

법이니까.

어제는 엄마의 구역 예배 동료들이 집에 찾아와 큰 목소리로 통성 기도를 했다. 내 자퇴를 두고 '능히 감당할 시련'이라고 표현하는 건 참을 만했지만, "악한 마귀를 무찌르게 하옵소서" 하는 말은 영 참기 힘들었다. 어머나? 꼴찌 했더니 마귀 됐네?

담임은 상당히 공격적인 말투로 답 메일을 보내왔는데, 기한을 주며 그때까지 다시 생각해 보라고 했다. 조언이 아니라 경고로 느껴졌다.

분명 담임은 자기 학급에서 자퇴자가 나오는 것을 원치 않을 거다. 그러면 인사 고과에 영향이 있다는 소문을 나도 익히 들어 알고 있다. 학생과 교사는 졸업하면 다시 볼 사이도 아닌데 이럴 때만 연좌제다.

학교의 예불 담당 목사님은 직접 전화를 걸어 주었다. 다정하지만 단호한 목소리로 덕담을 했는데, 이상하게 악담으로 들렸다.

"원아, 어떤 일을 아무도 하지 않는 데에는 다 이유가 있단다."

엥? 어떤 일을 가장 먼저, 혹은 혼자서만 한 사람들도 다 이유가 있을걸요? 한마디 대꾸하고 싶었지만 꾹 참았다.

"제한된 범위 안에서도 선택할 수 있는 건 많아. 그 속에서 네가 진짜 원하는 걸 찾거라."

쳇, 좁은 범위 내에서 억지로 하나 고르면서 이게 내가 진짜 원했던 거라고 착각하라는 뜻은 아니고요? 나는 아무 생각 없는 것처럼 무반응을 유지하며 묵묵히 목사님의 말을 듣다가 전화를 끊었다. 봉사한다고 믿고 있는 사람에게 그게 바로 민폐라고 지적해도 이해 못 하겠지.

이런 주변 사람들의 반응을 지켜보며 속상하고 서글펐다. 만약 자퇴가 정말 내 인생에 큰 폐해를 끼친다면, 내가 정말 나쁜 선택을 하는 거라면 걱정해 주는 게 먼저 아닐까? 하지만 나를 걱정하는 사람은 단 한 명도 없었다. 온통 비난하는 사람뿐이었다. 다들 욕하고 충고하고 가르치고 달래고, 그러다 또 욕하고. 말 그대로 난리가 났다.

이렇게까지 모두가 결사반대하니 오기가 생겼다. 그러자 씁쓸함이 확신으로 바뀌었다. 어쩌면 이거 정말 괜찮은 선택인지도 모른다. 아무도 나를 걱정하지 않는 게 그 증거다!

그때, 픽처링 대화방으로 사진이 한 장 도착했다. 누군가가 글을 적은 종이를 찍어 내 개인 출력 방에 투척했다.

원아, 이번에 꼴찌 했다며? 198등이 된 걸 축하한다.
199등이.

우리는 픽처링한 이미지 데이터를 대화방에 올리는 식으로 대화하곤 한다. 픽처링은 학내 근거리 네트워크를 이용하기에 메일보다 느리긴 하지만, 머릿속에서만 이뤄지는 터라 은밀한 대화에 적합하다. 픽처링을 시술하지 않은 부모님 세대의 눈을 피해 우리끼리 구성한 폐쇄된 해방 공간인 셈이다.

"구구 이 자식……."

구구는 나보다 일 년 먼저 자퇴했다. 그때는 전교생이 199명이라 꼴찌를 했던 구구는 199등이었다. 생각해 보니 구구는 200등을 기록하고 퇴학한 친구도 안다고 했었다. 걔는 백백이라고 불렸다. 그러니까 내 기억에 따르면 나는 우리 학년 역사상 세 번째 꼴찌이자 세 번째 낙오자다. 뒤에서도 1등이 되지 못했다고 생각하니 약간 심통이 났다.

구구는 오랜만에 픽처링을 시도했다며 구식 인터페이스가 후지다고 투덜거렸다. 엄마는 조금씩 진보해 온 것을 부정하는 사람들을 경계하라고 늘 말한다. 만약 엄마가 구구의 말을 들었다면 구구를 나라는 순결한 어린 양을 나쁜 길로 유혹하는 악마라고 여길 게 분명하다.

구구와는 진즉에 연락이 끊겼다. 둘 다 1등이었던 시절엔 친했다고 생각했는데, 괘씸하게도 자퇴 후엔 연락도 한번 없었다. 그랬는데 내가 꼴찌 했다는 소식은 어떻게 알았담?

축하 메시지가 어쩐지 비아냥거리는 것처럼 들렸다. 구구의 저의가 괜히 의심스러웠다. 물귀신인가? 자기가 실패했으니 그 길로 나도 끌어들이고 싶었나?

곧 구구의 스마트폰 화면이 픽처링되어 출력 방에 투척되었다.

구구: 네가 튕겨져 나오길 목 빠지게 기다렸다. 금방 나올 줄 알았더니만, 3학년 말이라니. 그동안 타협하며 사느라 얼마나 서러웠니?

타협은 무슨, 다 나의 적응력 덕분이지. 아무래도 구구가 나를 놀리는 것 같았다. 찡그린 얼굴로 픽처링 메시지만 노려보고 있자니 다음 이미지가 떴다.

구구: 근데 그 문제의 진짜 답은 뭘까?

나는 머리를 쥐어뜯으며 방 천장을 향해 소리쳤다.
"그걸 알면 내가 지금 라푼젤이 됐겠니?"
절규하는 음성 데이터는 픽처링으로 보내지 못해 다행이었다.
그와 거의 동시에 또 다른 창으로 픽처링 메시지가 도착했다. 삼일이었다. 평소 친하지도 않았던 녀석이 웬일이람?

삼일: 원아, 나도 2번이 답이라고 생각해.

이 자식들이! 나는 최대한 싸늘하게 보일 문장을 타이핑한 뒤 화면을 픽처링해 삼일에게 바로 보냈다.

원: 너는 1번이라고 써냈잖아. 뭔 소리야?

삼일의 답도 곧장 도착했다.

삼일: 그거야 문제에서 정답을 1이라고 했으니까.

삼일은 자신도 내심 2번을 선택하고 싶었지만 출제자의 의도를 따랐을 뿐이라고 했다. 답을 제시한 사람들이 자기들의 의도에 따르라고 수험생에게 강요한 문제라고 지적했다. 그러면서 강요를 거부하고 2번을 선택한 내가 정말 대단하다고 치켜세웠다.

"참 나, 나 보면서 대리 만족이나 하겠다는 거잖아?"

나는 잔뜩 심술이 나 냉랭한 답을 보냈다.

원: 네가 선택하고 싶은 게 있으면 직접 해. 왜 내가 실패하는 걸 지켜보려 하지? 혼자선 다치지 않겠다는 거잖아. 네가 제일 비겁해.

속이 시원했다. 백구십칠 명의 애들 모두에게 하고 싶었던 말이었는데, 삼일에게 대신 전부 퍼부어 준 기분이었다.

반역자의 길은 외롭지만 특별한 무언가 같았다. 삼일은 화내지도 않고 나보고 너무 멋있다면서 호들갑을 떨었다. 나는 속으로 조금 웃었다. 흥, 재밌네.

하지만 다음 날부터 재미없는 일들이 기다리고 있었다.

학교의 의뢰를 받았다며 우리 구역 기강 지도 경찰이 집으로 찾아왔다. 기강 경찰이 내게 부모의 강요나 강제가 있었냐고 물었을 때는 어안이 벙벙했다. 단도직입으로 가정 폭력이 있었냐고 물었을 때는 등줄기가 서늘해졌다. 뒤에 서 있던 부모님의 경악한 표정이 보지도 않았는데 눈에 선했다.

며칠 후, 시청 아동 탈선 감찰과가 부모님 앞으로 통지를 보냈다. 의무 교육 거부자 관리 위원회에 출석해 유예 신청을 하라는 경고문이었다. 곤혹스러웠다. 내 결정을 수행하려면 내 의견에 반대하는 부모님을 움직이게 만들어야 했다. 내 결심인데도 직접 해결할 수 없었다. 공문서에서 미성년자를 아동이라고 부르는 것도 쇼크였다.

졸업 시험 하나 삐끗했을 뿐인데, 학교를 그만두겠다는 것뿐인데, 다들 왜 이렇게 난리지? 나를 걱정하는 것도 아니면서?

*

한 해의 마지막 날인 오늘, 구구가 보낸 픽처링 메시지가 또다시 출력 방에 떠올랐다.

구구: 너희 구역 서쪽 끝에 있는 폐건물 알지? 거기 지하에 망명 협회가 있어. 거기로 와라. 우리가 박해받고 있는 너의 도피를 돕겠어.

헐, 망명 협회? 이름만 들어도 꼴찌들이랑 퇴학당한 애들이 모여 있는 음습한 곳이 먼저 떠올랐다. 안 간다고, 내가 왜 가야 하냐고 버티고 있었는데 구구가 이상한 얘길 했다.

구구: 왜 네가 세 번째 낙오자라고 생각하지?

원: 뭔 소리야? 너랑 200등 했던 백백인가 걔랑 나까지 셋 맞잖아?

구구: 너야말로 무슨 소리야? 일등고 입학생, 이천 명 넘었었어. 천팔백 명이 자퇴했고. 그 애들은 모두 무사해. 기억 못 하는 거야?

원: 입학생이 이천 명이었다고?

기억이 가물가물했다. 그러고 보니 입학식 때는 학교가 북적거렸는데 언제부터 소수 정예 학교가 된 거지?

그때 방문이 열리고 부모님과 기강 경찰이 함께 들이닥쳤다. 갑자기 부모님이 친절한 말투로 내게 저녁 식사 얘기를 하며 주의를 끌었다. 그사이 기강 경찰이 내 뒷머리 쪽을 만지려는 것 같았다. 바로 눈치를 챈 나는 모두의 시선을 거실 쪽으로 유도한 뒤 창문에서 뛰어내렸다. 내 방은 2층이지만, 종종 야간 잠행을 나가기 위해 나만 아는 발 디딤대를 설치해 뒀다.

신발이 없어 발바닥이 아팠다. 땅바닥은 차갑고 날카로웠다. 갈데도 없거니와 일단 구구를 만나 보고 싶어 망명 센터로 향했다. 자퇴자가 천팔백 명이라니. 선배 자퇴자들은 무슨 일을 겪었을까 궁금하기도 했다.

삼일: 어디야? 밖이야?

삼일에게서 픽처링이 왔다. 녀석은 얼마 전부터 나의 추종자 비슷한 태도를 보이며 계속 나를 우쭐하게 만들어 주고 있었다. 나는 삼일에게 망명 센터 좌표를 보내 줬다.

"원아, 어디 가?"

갑자기 누군가가 말을 걸었다. 같은 반 아이였는데 이름이 기억나지 않았다.

"아, 안녕. 나 지금 친구 만나러⋯⋯."

얼버무리며 서두르는 척하자 그 아이가 나를 붙잡았다.

"너 2라고 답했다며? 전교 꼴찌라며? 자퇴한다며?"

"어⋯⋯, 응."

그러자 그 아이가 다른 아이들을 불렀다. 무심한 척 지나치려 했는데, 아이들이 내게 점점 밀착하며 다가왔다.

"너만 빠져나가려고?"

"너만 특별해?"

"우리는 다 바본 줄 알아?"

"우리도 힘들게 맞추면서 살고 있다고."

영문을 몰라 어버버 하는 사이, 아이들의 눈빛이 적의로 바뀌는 걸 보고 말았다. 그리고 곧 눈앞이 흔들렸다. 열 개쯤 되는 팔과 다리가 나를 흔들고 밀기 시작한 것이다. 야, 너네 도대체 왜 이러는 거야!

아이들은 나를 부러워하면서 동시에 미워하는 것 같았다. 남을 때려 본 적은 없는 애들인지 크게 아프진 않았지만 이 상황이 어처구니없고 화가 났다. 그 와중에 한마디, 귀에 꽂히는 말이 있었다.

"이런 애 때문에 열심히 살아온 우리가 왜 부정당해야 하냐고!"

다른 답을 택했다는 이유로 나는 쏟아지는 증오를 온몸으로 받고 있었다. 하지만 아이들의 마음이 조금은 이해가 됐다. 모두의 선택과 다른 걸 골랐다는 건, 다수의 방식을 거부했다는 뜻이기도 하니까. 내가 모두를 화나게 한 모양이다. 슬퍼졌다.

한참 몸이 휘청대던 중 누군가의 목소리가 들려왔다. 그러자 아이들은 떠나갔고, 나는 간신히 한숨을 돌릴 수 있었다. 머리를 감쌌던 팔을 풀고 바닥에 퍼진 채로 눈을 뜨니 그 목소리는 이제 나를 훈계하기 시작했다. 예불 담당 목사님이었다.

"원아, 회개해라. 진심으로 용서를 구하면 다시 시작할 수 있을 거야. 안 그러면 네 부모님도 지역 사회에서 제대로 살아갈 수 없어. 불합리한 점도 있지만 모두 정해진 룰을 성실히 따르고 있어.

그걸 혼자서만 거부하면 앞으로 어떻게 살아갈래?"

회개라고? 잘못한 게 없는데? 내가 왜 마귀가 되고 왜 맞아야 하지? 말이 안 된다고 생각했다. 나는 목사님을 외면한 채 일어섰다. 구구를 만나야 했다.

겉으로 보기엔 아무런 특색도 없는 낡은 폐건물 입구에 다가가자 구구가 날 기다리고 있었다. 처음 보는 애가 구구 곁에 있었는데, 그 애가 바로 백백이라고 했다. 삼일도 나보다 먼저 도착해 있었다. 아이들은 내가 다친 줄 모르는 듯했다. 신발은 어디에 뒀냐고, 옷은 왜 그렇게 지저분하냐고 핀잔만 들었다.

우리는 건물 안으로 들어갔다. 삼일은 나와 함께하겠다고 했다. 그 말을 왠지 엄청 비장하게 했다.

"난 비록 용기가 없어서 출제자가 원하는 답을 선택했지만, 진짜로 선택하고 싶었던 답은 2였어. 내 마음 가는 대로 선택했다면 원이 너와 똑같은 길을 걸었을 거야. 그러니 너와 똑같은 십자가를 지겠어."

십자가? 이게 왜 십자가가 되는 거지? 나는 입안이 약간 찢어진 걸 혀끝으로 느끼며 자퇴를 물러야 하나 고민했다. 상황이 각오보다 심각했다.

구구와 백백은 매일 이곳을 순찰하는 기강 지도 경찰이 곧 올 거라며 우리에게 서두르라고 말했다.

"뭘 서둘러?"

"망명!"

엉겁결에 구구가 이끄는 대로 지하실 구석의 어두운 방으로 들어갔다. 눈앞이 어두워지자 이곳이 궤도 이탈 청소년들이 모이는 퇴폐적인 곳이라는 확신이 들었다. 분명 무색무취했지만, 어쩐지 퀴퀴한 분위기였다. 낙오자들의 낌새인 듯했다.

구구가 불을 켰다. 방 벽면에 나의 인생을 휘두른 바로 그 문제가 큰 글씨로 적혀 있었다.

다음 문제의 정답은 1이다. 정답을 구하시오.

① 정답

② 정답 이외

나는 구구, 백백, 삼일의 얼굴을 차례차례 바라보았다. 구구와 백백이 재촉했다.

"자, 망명을 신청하려면 진짜 답을 찾아야 해."

"뭐? 진짜 답?"

구구는 어쩐지 여유로워 보였다. 이미 경험한 코스라는 듯이. 잘난 척하는 것 같아 조금 거슬렸다. 백백이 내게 질문했다.

"이 문제 말이야, 정답이 1이라는 전제는 맞을까?"

시간 없다면서 한가한 소리나 하고 있네. 야, 문제를 의심하면 어떻게 답이 나와? 내가 잠자코 애들의 얼굴만 노려보는 사이, 삼일이 답했다.

"전제와 무관하게 나는 2라고 생각해. 원이도 2를 선택했지."

"야, 야, 그 덕에 나 지금 쫓기고 있잖니."

누가 올까 봐 문밖에서 들려오는 작은 소리에도 온 정신이 쏠렸다. 백백이 다시 질문했다.

"그 외에는? 다른 답은 없을까?"

나는 얼굴을 한 번 긁고는 그동안 추리했던 걸 말했다. 전교 유일의 오답자이자 꼴찌인 나 말고 이 문제의 다른 가능성에 대해 이렇게 오래 생각한 사람은 없을 거다.

"일단 답을 선택하지 않는 것도 방법이지. 백백이 말처럼 1이 정답이라는 전제를 의심한다면 아예 택하지 않는 방법도 있어."

내가 생각해도 멋있는 말이었다. 근데 꼴찌 주제에 허풍 떨어서 뭐 하나? 부끄러워지려는 순간, 삼일이 양손을 고이 모으며 요란스럽게 감탄했다.

"크흐, 원아, 멋지다!"

구구와 백백도 그럴싸하다고 맞장구를 쳤다. 나는 약간 우쭐해져 다른 생각도 말했다.

"2번이 아닌 답도 있을 수 있어. 문항은 없지만 3번이나 4번, 또는 5번."

그러자 삼일이 고수에게 고견을 구하듯 나를 선망하는 표정으로 반문했다.

"예시가 없는데 어떻게 선택을 해?"

"오지선다 중 3, 4, 5번은 언급되지 않았지만, 답으로 체크할 수는 있어. 다른 문제도 오지선다니까 오엠알 카드에 3~5번 란이 있잖아."

삼일은 자신은 전혀 생각해 본 적 없는 방향이라며 물개 박수를 쳤다. 구구가 내 추리를 반기며 물었다.

"근데 만약 전제가 잘못됐다면 출제자의 룰을 따를 필요도 없는 거 아냐?"

역시 나보다 앞서 퇴학한 만큼 선구자이자 반역자다운 말을 하는군. 백백도 옆에서 거들었다.

"출제자의 룰을 거부한다면…… 일등 고교의 교육 방침을 거부하는 거, 그게 이 문제의 정답은 아닐까?"

어머나, 얘들 보게? 나는 구구와 백백의 반항심에 오히려 경계심이 생겼다.

이유도 없이 의무 교육을 거부하면 부모님까지 벌을 받잖아. 심지어 다른 애들한테 폭행까지 당한다고. 나 지금 허리도 뻐근하고, 마음은 치욕스러워. 그리고 말로만 거부하고 말로만 망명하면 뭐 하니? 당장 가출할 수도 없잖아. 내가 집에서 도망치긴 했다만 이거 그냥 무단 외출이야. 이따 집에 가야 해.

그때, 문밖이 소란스러워졌다. 엄마 아빠 목소리와 기강 경찰 목소리가 섞여 들렸다. 아무래도 위치를 추적당한 모양이다.

아, 이젠 순순히 졸업식에 가는 일밖에는 방법이 없다. 사실 무사히 졸업만 하면 의무 교육도 끝난다. 부모님도 졸업을 한 후에는 더 이상 잔소리를 하지 않겠다고 나를 어르긴 했다. 윈스타 취업 재수를 한다고 말하면 부모님도 다른 사람들에게 자랑은 못할지언정 이해는 할 것이다.

다 포기하고 투항하려던 순간, 구구가 말했다.

"원아, 사실 나와 백백이는 자퇴하면서 픽처링을 꺼 버렸어. 너에게 연락하려고 오랜만에 잠깐 접속한 거야. 학교가 우리에게 주입한 무의미한 룰을 거부하는 게 이 문제의 정답이라 생각한다면, 너도 우리처럼 픽처링을 아예 제거하는 건 어때?"

뭐라고? 픽처링을 제거하라고?

그건 생각해 본 적 없었다. 아빠도 코웃음 쳤었다. 할 수 있으면 해 보라고 말이다.

비록 저장 방식도 출력 방식도 구식이고, 사진 화질도 구리고, 그다지 스마트한 장치도 아니지만 픽처링은 필수 불가결한 장치다. 학습 보조용 저장 장치 속에 담긴 데이터, 그동안 머릿속에 열심히 저장해 둔 자료가 싹 다 사라지는 건 좀 곤란하다. 다른 사람들은 모두 머릿속에 답안을 가지고 있는데 나만 빈 깡통 상태이자 비무장 상태가 되는 거다. 그러면 너무 불리해진다.

게다가 줄곧 보이던 게 안 보이면 혼자만 불완전한 세상에 살게 될 거다. 향후 취업을 비롯해 일상생활과 의사소통에 큰 지장을 주기에 픽처링을 함부로 제거할 순 없다. 심지어 고등학교에서 보낸 삼 년이라는 시간까지 포맷되는 거다. 그런데 나보고 그런 선택을 하라고?

내가 우물쭈물하는 사이, 삼일이 내 뒷머리에 손을 얹었다. 나는 삼일의 손을 슬쩍 쳐 냈다.

"내 인생이고 내가 선택할 일인데 네가 왜 나서?"

삼일이 빈정거리며 큰 소리로 외쳤다.

"나는 차마 못 하니까!"

삼일의 호탕한 웃음소리가 들리더니 뚝, 하는 소리와 함께 머리통이 출렁거렸다. 삼일이 내 저장 장치를 강제로 빼낸 것이다. 저 자식, 이러려고 계속 나를 추앙하는 척한 거야? 진짜 음습한 놈이었다.

삼일은 장치를 자기 옷 주머니에 넣고 복도를 향해 달려 나갔다. 그러곤 엄마 아빠와 기강 경찰에게 자신이 나를 잘 감시하고 있었다며 자랑스럽게 떠들어 댔다. 배신자 새끼! 뭐야, 우리 부모님한테 부탁이라도 받은 거냐?

삼일이 나를 향해 썩은 미소를 날리며 말했다.

"난 누가 자퇴하는 걸 보는 게 그렇게 좋더라고."

삼일은 그저 가까이서 나의 파멸을 지켜보고 싶었던 모양이다.

그래, 삼일은 차라리 솔직하다. 저게 1등뿐인 우리 학교 학생들의 솔직한 심정일지도 모른다. 나는 차마 못 하는 일이지만, 그렇다고 너만 예외적으로 잘되면 안 된다는 심보 말이다.

시선 왼쪽 화면이 허전해졌다. 출력 방을 통해 계속 업데이트되던 실시간 픽처링 이미지들이 단숨에 사라졌다.

자퇴를 하거나 원스타 취업에 재수, 삼수해도 어떻게든 살아갈 수 있을 거라고 생각했지만 픽처링이 사라지다니…… 상상도 하지 못한 일이라 상실감이 꽤 컸다. 세상과 연결되던 끈이 뚝 끊어진 것 같았다.

그때 부모님과 기강 경찰의 목소리가 들려왔다.

"우리 딸 픽처링이 꺼졌대요. 빨리 쟤 잡아요!"

나는 다른 문이 없는 방을 한 번 돌아보곤 구구와 백백을 향해 양손을 들었다. 그렇게 백기를 든 채 부모님께 돌아가려는 순간, 백백이 나를 막았다. 구구는 방 뒤쪽을 가리켰다. 건물 벽 사이에 작은 틈이 하나 있었다.

"원아, 나가자!"

문이 있어? 잠시 망설였지만 역시 이대로 집으로 돌아가고 싶진 않았다. 고개를 끄덕이고 애들을 따라 틈 안으로 들어가자 길고 좁은 통로가 이어졌다. 등 뒤에서 부모님과 경찰이 다른 문을 찾으려고 흩어지는 소리가 들렸다.

우리는 비밀 통로를 통해 유유히 건물 밖으로 빠져나왔다. 계단을 오르지 않았는데, 밖으로 나와 보니 지상이었다.

"망명 성공이야!"

백백이 나 대신 기뻐했다. 성공인가? 정작 나는 울적해졌다.

구구가 손을 뻗으며 내게 소리쳤다.

"원아, 잘 봐! 달라진 거 안 보여?"

여기는 우리 구역의 가장 끄트머리 공간. 익히 알고 있는 곳이다. 옆 동네이긴 한데 거의 와 본 적이 없어서 낯익기도 하고 낯설기도 했다. 뭐가 달라졌다는 거지? 새로운 건 없어 보였다. 바깥은 추웠고 맨발로 디딘 땅바닥은 여전히 차갑고 날카로웠다.

그리고 픽처링 데이터들이 사라졌을 때 가슴이 철렁했던 것도 잠깐뿐, 내겐 아무 일도 일어나지 않았다. 현실을 보조해 주던 확장 현실 가이드 화면과 시각과 연결된 카메라 기능이 사라진 것 외에 다른 변화는 없었다.

"가자!"

구구와 백백이 앞서 달려 나갔다. 나는 선구자인 두 선배 꼴찌들을 따라가며 천천히 주변을 둘러보았다.

"아……."

드디어 조금씩 체감이 되기 시작했다. 시야가 달라져 있었다. 줄곧 내 시야는 정사각형에 가까웠는데, 지금은 좌우가 넓게 보였다. 와이드 화면 같았다. 원래는 시선 양쪽 가장자리를 언제나 픽처링 출력 방과 인터페이스가 가리고 있었다. 하지만 확장 현실 기능 때문에 그 모습에 너무 익숙해져 그렇다는 걸 알아채지도 못했다. 그것들이 사라지니 사방이 탁 트인 것 같았다.

그걸 깨닫자 치밀어 오르던 감정의 종류가 조금씩 바뀌었다. 남의 데이터를 함부로 빼간 삼일을 향한 분노가 서서히 사그라들었다. 중요한 걸 박탈당한 것 같은 상실감도 사라졌다. 부모님께 돌아가 용서를 구해야겠다고 생각하며 느낀 패배감과 민망함도 희미해져 갔다.

그래, 세상은 원래 이랬다. 그동안 당연하다고 생각했던 룰과 규칙을 거부하고, 누군가에 의해 저장 장치를 강탈당한 덕에 창 너머를 볼 수 있게 된 것이다. 당연하게 존재했지만, 당연하게 보지 못하고 있었던 풍경이었다.

"원이 저기 있어요!"

등 뒤에서 엄마 목소리가 들려왔다. 추격자들이 바짝 다가온 순간, 누군가가 기강 경찰을 막으며 나를 보호하듯 내 앞을 가로막았다. 경찰 같은데 제복이 기강 경찰 제복과 달랐다. 여기는 기강 경찰의 담당 구역이 아닌 모양이었다. 낯선 경찰 제복을 입은 남자가 내게 말했다.

"저 사람들 네 부모님이니? 어떡할래? 지금 부모님을 따라가겠니?"

나는 부모님께 미안하다는 표정을 지어 보인 뒤 그 경찰에게 말했다.

"네, 저희 부모님이에요. 근데 지금 안 갈 거예요. 친구들하고 조금 더 얘기하다 갈게요."

경찰이 다가서자 부모님은 기강 경찰과 함께 한 발짝 뒤로 물러섰다. 나는 부모님께 조금만 둘러보고 돌아가겠다고 손짓했다. 두 분 표정이 낙담한 것처럼 서글퍼 보였지만, 어쩔 수 없었다. 경찰은 우리에게 안전을 당부하곤 부모님과 기강 경찰을 어딘가로 안내했다.

*

구구와 백백을 따라 한 학교로 들어갔다. 구구가 어디에선가 슬리퍼를 하나 챙겨와 내게 건넸다. 나도 잘 아는 곳, 떨거지 학교로 소문이 자자한 곳이었다.

사실 일등 고교 아이들은 우리 학교 아니면 다 떨거지 학교라고 불렀다. 실제로 우리 학교에 입학하려다가 떨어졌거나, 혹은 입학했다가 퇴출당한 애들이 옆 학교로 전학했다. 때문에 일등 학원 교직원들과 학생들은 옆 학교를 노골적으로 무시해 왔다. 졸업해도 마주칠 일 없을 거라고만 생각했었다.

그런데 의외로 학교가 생기로워 보였다. 불량하고 음습한 환경일 걸로 지레짐작했었는데 말이다.

나는 평소 "인간은 유유상종하는 법"이라는 말을 끊임없이 들어 왔다. 일등 학교 학생 외의 아이들을 무시하는 소리였다.

직접 와 보니, 그 말은 절반만 맞았다. 이 학교 애들은 일등 고교의 존재를 하등 신경 쓰지도 않을 것 같았다. 무척 자유롭고 행복해 보였다. 낙오한 뒤의 내 모습이 늘 두려웠지만, 이렇게 만나니 뭘 두려워했던 건가 싶었다.

"처음 와 보지? 우리 학교를 소개할게."

구구와 백백의 안내를 받으며 학교를 둘러보았다. 여기 학생들 뒷머리에도 저장 장치를 삽입할 수 있는 슬롯이 있었다. 나는 애들에게 물어봤다.

"여기 애들도 픽처링으로 학습해? 아니면 전에 시술받은 자국인가?"

그러자 구구가 자신의 장치를 꺼내 보이며 말했다.

"여기선 픽처링을 쓰지 않아. 대신 검증된 데이터에 접근할 수 있는 브레인 튜터 장치를 사용하지. 한번 해 볼래?"

구구가 자신의 장치를 내 슬롯에 꽂아 주었다.

눈앞에 낯선 인터페이스가 펼쳐졌다. 구구의 안내를 따라 음성 인식으로 검색어를 입력하자 문자와 음성, 이미지로 된 검색 결과가 시야에 주르륵 펼쳐졌다. 평소 PC로 보는 검색 화면보다 훨씬 스마트해 보였다. 이런 게 단말기 없이 그냥 머릿속에 펼쳐진다고? 그럼 시험은 전부 다 커닝으로 치를 수 있네?

"교과서를 노려보며 이미지를 저장할 필요도 없어. 튜터가 제안하는 실시간 데이터에 접근할 수 있으니까. 원한다면 질문에 가장 가까운 분석 결과를 도서관 자료를 바탕으로 여러 개 도출해 주기도 하지. 기본적으로는 음성으로 제어 가능하지만 생각만으로도 작동해. 뇌파 인터페이스거든. 이런 게 있는 줄은 나도 자퇴한 후에야 알았어. 일등 고교에선 사용하지 않았으니까."

이런 게 된다고? 근데 왜 우린 몰랐지? 아니, 이런 게 되는데 우리는 왜 굳이 픽처링을 사용한 거지? 어처구니없을 정도로 의아했다.

"그럼 이 학교에선 뭘 가르쳐?"

픽처링을 위해 교과서를 노려보는 것도 아니라면, 방대한 데이터가 전부 머릿속에 이미 존재한다면, 도대체 뭘 배우고 뭘 외워서 무슨 문제를 풀어야 하는 거지?

"우리는 레시피를 배워."

"레시피?"

"요리법을 배우는 것처럼 각자 자기만의 공부법을 직접 만들지."

구구가 설명했다. 이 학교 아이들은 수많은 자료를 이미 가진 상태로 좋은 질문을 하는 법과 결과 데이터를 조합하는 법, 의심하는 법을 배우고 새로운 질문과 결과를 만들어 본다는 거였다.

"흠, 그럼 등수는? 졸업 시험은? 진학이랑 취업은?"

구구와 백백은 복잡한 표정으로 나를 운동장 벤치에 앉혔다.

"전국 학교에 브레인 튜터가 도입된 지도 벌써 이십 년이 지났어. 우리가 태어나기 직전에 입시와 시험은 사라졌어. 등수는 정말로 의미가 없어. 남은 문제는 우리가 원하는 문제와 답을 어떻게 요리할 것인가, 그것뿐이야."

애들이 설명해 주는 말을 들을수록 점점 머릿속이 복잡해졌다. 아무리 그래도 이상하잖아? 시험 등수나 성적 같은 판단 기준이 없다면 뭐가 기준이 되지? 직업은 어떻게 정하고 취업은 어떻게 가능하지? 모두가 원하는 것이 같다면 어떻게 보상을 분배하지? 말이 안 되잖아.

여긴 너무 무질서했다. 모두가 동의할 만한 기준이 없으면 혼란이 가중될 거였다. 부모의 재력 같은 다른 기준의 힘이 더 강해지는 건 아닐까?

혼란스러운 내 표정을 보며 백백이 말했다.

"원이 너도 알잖아? 모두가 1등으로 졸업해도 분별력이 없단 거. 엄밀히 말하면, 줄을 세워도 공정하지 않다는 거."

"그래, 나도 알아. 근데 여기는 더 복잡한 거 아냐?"

구구가 말했다.

"물론 여기도 완전히 공정하고 공평한 건 아니야. 하지만 적어도 의미 없이 교과서를 노려보는 일은 하지 않아. 여기에 있는 사람들은 암기나 픽처링 같은 걸로 세상의 문제를 풀 수는 없다는 걸 인정하지."

두 아이의 이야기를 듣다 보니 나는 도리어 집에 가고 싶어졌다. 내가 이곳으로 전학해 새로운 인생을 산다면? 덜컥 겁이 났다. 레시피를 잘 아는 애들과 경쟁하는 건 교과서를 오래 노려보는 것보다 백배 천배는 더 힘들 것 같았다. 새로운 문제를 직접 만들어서 해결하는 능력이라니, 그런 건 대학원생이나 교수 같은 사람들이 하는 거 아닌가? 지금부터 시작한대도 이곳 애들을 따라잡는 건 평생 무리일 것 같았다.

그제야 알았다. 아, 나는 영원히 꼴찌다. 일등 학교의 방식 안에 머물든, 바깥으로 나오든.

근데 나는 왜 이런 얘기를 처음 들었을까? 내가 태어나기도 전의 일이라니, 소문조차 들은 적이 없었다.

부모님들은 자기 자식이 1등 하기만을 원했고 우린 미치도록 바빴다. 다른 걸 생각할 겨를이 없었다. 나도 그랬다. 만점에서 하나만 삐끗해도 절벽이다. 평소에 부모님 얼굴을 마주하는 것도 괴로웠다.

사실, 일등 학원 아이들은 다들 겁에 질려 살았다. 모두가 1등인 곳에선 1등이 아닌 것도 괴로웠지만, 남들과 똑같이 1등인 것도 마찬가지로 괴로우니까.

"원아, 일등 학원은 종교 시설이야."

미션 스쿨인 걸 누가 모르나? 우리 학교는 종교 법인 일등교가 세운 학교다.

"아니, 그런 말이 아니야. 학업이든 실적이든 성공이든 순위가

1등인 것, 그 발상을 신앙이자 생활 양식으로 삼아 모두 거기에 맞춘 종교적 컬트 단체가 일등교야. 그걸 신봉하는 사람들이 만든 공동체가 너희 구역이고. 마을 사람들끼리만 주거, 생산, 교육, 종교 활동을 함께해. 그 안에서 태어난 아이들을 교육하는 곳이 일등 학원이라고. 원스타는 그 마을에만 존재하는 기업이고."

"뭐라고?"

구구는 심지어 픽처링이 일등교와 학교의 판단 아래 불필요하다고 여겨지는 정보들을 정기적으로 삭제해 왔다고 말했다. 나는 어떻게 그럴 수 있냐고 반문하려다 다른 아이들로 가득했던 입학식 장면을 떠올리곤 입을 닫았다. 언제 조율됐는지는 모르겠지만, 내게도 그 기억이 흐릿하게나마 분명히 존재했다.

뇌파로 움직인다는 인터페이스로 브레인 검색창에 일등교가 뭔지 검색하라고 튜터에게 지시했다. 아니, 지시할 내용을 그냥 떠올렸다.

일 초도 되지 않아 눈앞에 분석 결과가 끝없이 펼쳐졌다. 일등교가 시작된 역사, 인기를 끌었던 사회적인 경향과 인구수와 지역 그리고 쇠락까지.

"이럴 수가……."

내 세계의 전부라고 믿었던 곳은 전 세계에서 아주 극소수의 사람들이 모여서 생활하는 거주지에 불과했다. 거주 인원이 소수라는 것이 중요한 게 아니었다. 다른 세계와의 교류가 완전히 차단되어 있었다.

픽처링 시스템뿐 아니라 내가 사용했던 네트워크도 제한된 데이터에만 접근할 수 있었던 모양이다. 그동안 알고 있었던 일등교에 대한 묘사와는 완전히 달랐다. 나는 폭우처럼 쏟아지는 정보를 하나씩 읽어 내려갔다.

일등교, 극단적 보수주의 종교 단체. 교주는 따로 없다. 교리는 자녀의 1등과 진로 평탄 기원, 한국의 오랜 기복 신앙과 궤를 같이함. 1등 지상주의, 성적 중심의 고전적 교육 방식을 고수하던 자칭 교육 전문가들이 주축이 되어 설립. 다른 지역에서는 통용되지 않는 폐쇄적 데이터 관리 체계를 고수하고 있는 갈라파고스. 일등 학원 졸업자들은 대부분 원스타 기업에 채용되며…….

머릿속에 떠오르는 정보를 소리 내어 읽자 구구가 말했다.

"원스타 기업의 부정부패가 알려지면서 근 몇 년 일등교를 이탈한 가족이 늘었어. 그거 몰랐다면 우리 부모님도 나를 일등 고교에서 졸업시켰을 거야."

원스타는 일등교가 설립한 가장 큰 기업. 모든 업무는 픽처링 방식으로 진행된다. 일등 고교를 졸업하고 원스타에 입사하는 것은 통과 의례였다. 원스타는 일등교 교리를 거부하는 자들을 채용하지 않았다. 종교적 신념을 공유하는 것이 생산성을 높이고 내부 결속을 강하게 한다고 했다.

한편 일등교 밖에서 원스타의 악명은 자자했다. 내부 갑질이

심하고 월급이 하향 평준화되어 있으며 일부 이사진만 천문학적인 보너스를 챙긴다고 했다. 수익의 상당수는 사회 환원이라는 명목으로 교단 운영비로 돌아갔다.

원스타에서 이십 년 이상 근속한 아빠는 최근 이렇게 말했었다. "다른 기업이라고 세속적이지 않을 것 같니? 자본주의 세상에서 사회 정의를 꾀하는 기업은 없어. 다들 불법적이지 않은 상황 속에서 최대 이익을 추구하는 거지."

그러면서 제한적이더라도 구성원이 직접 룰을 정하고 운용할 수 있다면 그건 한정판 지상 천국이라고도 했다. 원스타 연봉은 높지 않았다. 아빠는 돈보다 안정감과 동료애가 더 중요하다고 말하기도 했었다.

나는 줄곧 픽처링의 후진성을 욕하면서도 그 방식을 따랐다. 의도치 않았던 이번 낙오가 없었다면 앞으로도 열심히 따를 거였다. 줄곧 1등을 놓치지 않는 건 느긋한 일이 아니었다. 무의미한 암기 장치임을 알면서도 필사적으로 사용했다. 모두가 가는 원스타에 가지 않는 일을 상상하는 것도 꽤 스트레스였다.

입학식에서 픽처링 장치 삽입 시술을 받고 입학 선서를 했다. 학교의 방침을 따르고 부모님과 선생님을 공경하며 최선을 다한다는, 평범하고 의례적인 다짐을 복창했다. 지금 생각하니 그 선언은 특수하고 폐쇄적인 일등 고교의 독자적 방식에 복종하겠다는 것이었다. 나는 처음부터 항복했던 거였다.

일등 학원은 종교를 이유로 들며 최신 교육 방식인 브레인 튜터를 채택하지 않고 그보다 더 원시적인 방식을 구현해 냈다. 그 결과, 모든 아이가 1등이 될 수 있었다.

백백은 한 가지 사실을 더 알려 주었다.

"브레인 튜터 장치를 시술하는 게 불가능한 사람들이 있었어. 시술 에러가 발생한 자들이 대안으로 찾아낸 게 픽처링이야. 보조적인 기능이었지. 일등교가 말하는 것처럼 세상에 유일무이한 방식은 아니라고."

엄마는 식사 시간에 기도하곤 했다.

"새로운 시대가 강림할 때까지 우리 원이를 1등의 길로 인도하소서."

엄마 아빠는 브레인 튜터 방식이 언젠가는 종료될 거라고 믿었던 것이다. 부모님을 비롯해 꽤 많은 이가 브레인 장치에 에러를 일으켰기 때문이었다.

그 결핍 때문이었을까? 나는 애초에 브레인 튜터 방식을 시술받지 않았다. 두 분에게 자식 교육은 자기 삶에 대한 연장선이었던 걸까. 희망과 기대가 곧 믿음이 되어 버린 것은 아닐까.

망연히 서 있는 내게 구구와 백백이 말했다.

"우리는 자율 연구 중이었어. 일등교 사람들에게 이 사실을 알려도 갑자기 바뀌지 않더라고. 그래서 이 사실을 받아들일 준비가 된 사람들을 찾아 연락해 왔어. 자신만의 오답을 직접 내 보는 사람, 원이 너 같은 사람을 말이야."

구구와 백백은 일등 학교에 남아 있는 아이들과 비밀리에 연락을 취하고 있었다. 차마 망명을 감행할 순 없어도 학교와 일등교가 이상하다고 생각하는 아이들. 우리를 둘러싼 세계가 불합리하다고 느낀 그 아이들은 용기를 내 바깥과 계속적으로 연락을 해왔던 거다.

이미 망명한 구구와 백백 같은 아이들은 부모의 믿음과 상관없이 자신의 믿음을 발견해 낼 사람을 기다리고 있었다. 우리 구역 바깥에서, 하지만 멀지 않은 곳에서.

"가끔 이상한 애가 튀어나오잖아. 남들 다 하는 걸 왜 해야 하냐고 말하는 진짜 특별한 애 말이야."

아이들의 칭찬에 우쭐대고 싶었지만 솔직히 뻘쭘했다. 굳은 신념을 가지고 벗어나려고 노력한 게 아니었으니까.

일단 집으로 돌아가야 했다. 나는 애들에게 또 보자고 인사를 건넸다.

"혼자 갈 수 있겠어?"

"무슨 일 있으면 연락해. 우리가 너의 완벽한 망명을 도울게."

구구와 백백이 손을 흔들어 주었다.

"앞으로의 선택은 네게 달렸어. 선택한 이후가 문제더라고. 앞으로도 오답을 선택해 갈 용기가 있느냐, 그게 관건이더라."

*

걱정하는 구구와 백백을 안심시키고 발걸음을 돌렸다. 아까 헤어졌을 때 낙담하던 부모님의 얼굴이 떠올랐다. 얘기가 잘 통하진 않을 것 같지만, 나의 선택에 대해 이야기하고 싶었다. 부모님과 같이 일등교를 빠져나오고 싶지만 그럴 수 없다면 혼자라도 전학하고 싶다고 말할 생각이었다.

아이들과 헤어져 집 앞에 도착했을 때, 나는 넓어진 시야만큼 허전함을 느꼈다. 부모님께 어떤 말을 처음으로 꺼내야 할지 고민하다 현관 앞을 오래 서성였다. 밤이 깊어지고 있었다. 나는 한 해와 한 계절 그리고 한 시절이 끝나가고 있음을 깨달았다.

'앞으로도 반복해 오답을 선택할 수 있을까?'

모두가 정답이라고 말하는 것이 도저히 이해되지 않을 때가 있다. 하지만 하나의 선택에 꼬리표처럼 주렁주렁 따라오는 그 후의 일들을 다 감당할 수 있을까? 익숙하고 편한 일, 나를 믿어 주는 사람들을 배반하며 결심을 밀어붙일 배짱이 내게 있을까? 그러다 그마저도 잘못되었다는 걸 알게 되면, 선택을 되돌리는 건 가능할까? 또다시 새로운 선택을 할 수는 있을까?

할 말이 정돈된 건 아니었지만, 나는 크게 숨을 한 번 들이쉰 후 문을 열고 안으로 들어섰다.

그곳은 집이 아니었다. 본 적 없는 곳이었다. 하얀 공간에 내 자리인 듯 책상이 놓여 있었고, 시험 감독관이 한 명 서 있었다. 가까이 다가가 보니 졸업 시험이라고 적힌 종이가 있었다. 내가 틀렸던 바로 그 문제였다.

다음 문제의 정답은 1이다. 정답을 구하시오.

① 정답

② 정답 이외

감독관이 말했다.

"그 문제, 다시 한번 풀어 볼래요?"

그러곤 내게 여기서 1번을 선택하면 부모님이 있는 이전 세계로 돌아가는 거라고 말했다. 익숙한 불편함이 기다리고 있겠지. 거짓말임을 알면서도 꿀꺽 삼키며, 다른 가능성을 보류하며 영원히 소화 불량인 채 살아가겠지. 하지만 부모님이나 일등교 사람들과는 사이좋게 지낼 수 있을 것이다.

그런데 부모님과 일등교는 나를 다른 세계로 나가지 못하게 했다. 학교가 제시한 이 전제에 따라야 할까? 그러면 학교는 어찌어찌 졸업한대도, 일등교 교리에선 영영 졸업하지 못할 것이다.

내가 원하는 답은 뭘까? 적어도 원하지 않는 걸 원한다고 착각하며 살고 싶진 않았다. 나는 감독관에게 답했다.

"저는 답을 선택하지 않겠습니다. 둘 중 하나를 고르는 건……."

잠시 숨을 가다듬고 이어 말했다.

"너무 갑갑해요."

감독관이 천천히 고개를 끄덕였다.

시험이 끝났다. 나는 감독관의 안내를 받아 하얀 방 밖으로 나왔다. 작은 방이 내게 주어졌다. 부모님과 격리되었다. 사이비 종교 시설에서 경도된 교육을 받은 미성년 자녀들을 위한 자립 지원 시설이라는 설명을 들었다.

이전에 쓰던 소지품이 방 안에 놓여 있었다. 나는 전에 쓰던 픽처링 시스템을 잠시 착용했다. 아직 일등 고교 안에는 삼일과 다른 아이들이 남아 있다.

아이들의 비밀 채팅을 조금 훑어보고 나는 삼일이 원스타 입사 시험에 탈락했다는 사실을 알았다. 삼일의 낙심한 얼굴이 그려졌다. 여전히 졸업 후 곧장 원스타 입사 코스를 밟는 것을 영예로 믿고 있을 텐데.

나는 삼일에게 편지를 써 픽처링으로 전송했다.

원: 원스타 탈락했다며? 축하한다.

삼일: 뭐야, 복수야? 재밌냐?

나와 삼일에게 앞으로 어떤 길이 펼쳐질까? 잘 그려지지 않았다. 지금보다 훨씬 괜찮은 곳으로 갈 수 있을까? 확신도 없었다. 하지만 뭔가가 이상할 때 이상하단 느낌을 표현하는 거라면, 그 정도 용기라면 계속 낼 수 있을 것 같았다. 그 정도라면 해 볼 만할지도. 앞으로도 답이 없을 가능성을 열어 두고, 의심하면서.

창밖을 바라보았다. 아까 이미 밤이 깊어지고 있었으니 날짜가 바뀌었을 거다. 새해가 시작되었다.

종일 신발 없이 돌아다녀서 발이 시리고 아팠다. 이번 겨울은 예년보다 훨씬 춥다고 한다. 갑자기 독립한 터라 마음도 서늘하고 으스스하다. 그래도, 허전하지만 탁 트인 시선으로 이 계절을 바라보고 싶었다.

나는 삼일에게 답장을 보냈다.

원: 복수할 이유는 없어. 네 덕에 나는 자유로워졌으니까.

그리고 마지막으로 이렇게 덧붙였다.

원: 서쪽 폐건물에서 만날까? 너의 망명을 도울게.

중고생 시절, 저는 책 속에 묘사한 픽처링 방식처럼 교과서를 통째로 암기해 시험을 치렀습니다. 원의 아빠 말처럼 시험이 끝난 뒤 기억나는 건 하나도 없었습니다. 그 시간에 만화책을 더 많이 읽어 둘걸, 하고 이제야 후회하기도 합니다.

"네가 진짜로 원하는 게 뭐야?"라는 질문을 들었을 때, 저는 "내가 진짜로 원하는 건, 원하는 걸 계속할 수 있는 삶"이라고 답하고 싶어요. 실수나 착오가 있을지라도 내가 선택한 것만이 나를 행복하게 할 것임을 아니까요. 가끔은 외롭고 힘들지언정, 다른 사람의 선호는 내 삶의 기준이 될 수 없으니까요.

눈이 돌아갈 만큼 세상이 급변해 우리는 이전에 확신했던 믿음이 이미 사이비가 된 세계에 살고 있습니다. 이럴 때 자신만의 오답을 직접 내 보는 사람이 정답자는 아닐까요? 이 책을 읽으시는 분들이 자신만의 오답을 내시길 바랄게요. 새로운 세계를 선택하는 꼴찌들을 마음 깊이 응원합니다.

내일이면 다시 태어나는 거야

ⓒ 문이소·소향·이도해·하유지·황모과, 2024

초판 1쇄 인쇄일 | 2024년 12월 18일
초판 1쇄 발행일 | 2024년 12월 31일

지은이 | 문이소 소향 이도해 하유지 황모과
펴낸이 | 정은영
편　집 | 전유진 우소연 장혜리
디자인 | 박정은
마케팅 | 최금순 이언영 연병선 송의정
제　작 | 홍동근

펴낸곳 | (주)자음과모음
출판등록 | 2001년 11월 28일 제2001-000259호
주　소 | 10881 경기도 파주시 회동길 325-20
전　화 | 편집부 (02)324-2347, 경영지원부 (02)325-6047
팩　스 | 편집부 (02)324-2348, 경영지원부 (02)2648-1311
이메일 | jamoteen@jamobook.com

ISBN 978-89-544-5231-1 (43810)